爺《じじい》は旅で若返る

吉川潮・島敏光

牧野出版

爺《じじい》は旅で若返る　目次

国内編　吉川 潮

まえがき……9

第1章 電話1本で手配した東北3大桜名所巡りと越中おわら風ツアー……13

花見ツアーは日程選びが肝心／一人旅に出かける際の持ち物、服装で快適に過ごす
女踊りに感動した風の盆／一人旅のポイント

第2章 どこを見たい、何を食べたい、誰に会いたいか、旅の目的を決める……23

鹿児島の旅／特攻隊員の遺書に号泣する／大阪の旅／札幌でも楽しみは食べること
道連れがいる旅のポイント

第3章 神社仏閣の参詣は爺にぴったり……35

京都に来たら、まずは平安神宮へ／京都で出会った老夫婦との交流／京都名刹巡り

善光寺に参って、私は一茶になった／伊勢神宮には神様が居ます

第4章 お城巡りは歴史好きの爺にお勧め……49
松江城の優雅な佇まいと松江の町並み／彦根城では彦にゃんに会えなかった／会津若松で出会った古武士のような老人／神社仏閣、名城を巡るポイント

第5章 旅先で訪れた美術館と記念館……59
松江の美術館のあとで見た夕陽は名画のようだった／小樽を訪れると石原裕次郎になった気分に浸れる／無言なのに絵と会話が交わせた美術館／美術館と記念館を訪れるポイント

第6章 たまには思い切り贅沢な旅を……67
上高地の帝国ホテルで大人の贅沢を楽しむ／コンサートを観に軽井沢まで出かける／贅沢な旅のポイント

第7章 楽しかった場所は毎年出かける価値がある……75
4度も続いている琵琶湖畔の旅／地元の方の案内があると旅はより楽しい／新たな友人のお陰で楽しさ倍増／琵琶湖周遊の桜を愛でる／リピートする旅のポイント

第8章 温泉は日本のパラダイス……89
熱海では花火と月見を楽しむ／手軽に行ける伊豆・箱根／信州の温泉は爺にもってこい／復興に寄与するため福島の熱海に行こう／温泉旅行のポイント

第9章 番外はアメリカ旅行……99
息子と出かけたアメリカ旅行の目的はメジャーリーグ観戦／ボストンはアカデミックな街／ニューヨークでは野球とミュージカルと美術館／海外旅行のポイント

あとがきに代えて　まだまだ行きたい所がある

海外編　島 敏光

まえがき……111

第1章 中国「九寨溝・黄龍」の幻の青いケシを求めて……117
始めの一歩／旅は心の老化防止／青の世界へ、いざ、出発！／旅の身支度／高山病初体験／幻の青いケシ／家族旅行のポイント

第2章 トルコ初めて物語……145
パック旅行の楽しみ方／朝こそゴールデン・タイム／旅行スタッフと仲良くなる方法／トルコ・ア・ラ・カルト／旅のメンバーと仲良くなる方法／期待はずれと想像以上／目的地を選ぶポイント／これぞ本物のトルコ風呂／大自然と向き合うポイント

第3章 アンコール・ワットに昇る朝日……171
10ドルの使い道／心くばりの国／旅のメンバーとさらに仲良くなる方法／面白すぎ

るウォーリャさん／朝日とサソリ／湖のアトラクション／旅の出逢いのポイント

第4章
インド、正味4日間で8つの世界遺産を巡る! …… 197
寸暇を惜しんで観光する／インドの色と味／アジアの戦い／夢のタージ・マハル
象の背の戦い／インド式ダイエット／健康管理のポイント

あとがきに代えて　可愛い爺は旅をせよ

対談　非日常の旅は、若返りの秘訣 …… 229

爺《じじい》は旅で若返る

装幀・本文デザイン　神長文夫＋柏田幸子
編集協力　原田英子
カバーイラスト　浅利太郎太

国内編

吉川 潮

まえがき

島敏光君とは30年以来の付き合いです。私は作家で多数の著作があり、彼も専門分野である映画や音楽関係の本を出しているので、かねがね「一冊くらい共著の本を出したいね」と話してました。それが形になったのは、2016年4月に刊行された『爺の暇つぶし』(ワニ・プラス)です。共に爺になったので、暇をもてあましている同世代の諸兄に暇つぶしのノウハウをアドバイスする、といった内容のものでした。これが思いのほか大好評で、たちまち版を重ねました。

すると、その本を読んだ本書の版元、牧野出版社長の佐久間憲一氏が、「続編の形で、シニア向けの旅の本を書いてみませんか」と言ってきたのです。確かに、島君は40ヵ国以上を訪れている海外旅行マニアだし、私はしょっちゅう国内旅行に出かける旅好きです。今回も二人で分担すれば、爺に適した旅の本が書けるのでは、と思って引き受けました。

リタイアした同世代の連中から、「旅行に行きたいけど、段取りが面倒なんだよ」という話を聞きます。現役時代は会社でそこそこの地位に就いていたので、出張の際の切符、ホテルなどの手配は部下がしてくれたから自分でやったことがない。家族旅行の手配は奥さん任せ。定年退職して暇ができ、いざ自分で旅に出ようと思っても、みどりの窓口で並んで切符を買ったり、旅行社で順番待ちをして係員に相談するのが面倒くさい。そう、爺はたいてい面倒くさがりなのです。

そこで私たち〝旅好き爺〟の出番です。島君は家族と海外（特にアジア方面）のパックツアーに行くのが習慣で、私は一人旅、または友人たちとのグループツアーを好みます。そして、旅行の手配は自分たちでやってます。二人が訪れた街、観光地、博物館、美術館、記念館など、爺が楽しめる場所を紹介しつつ、ガイドブックには載っていない情報も披露します。

また、私と島君は食通やグルメではないけれど食い物にうるさい。特にコスト・パフォーマンスにこだわるので、旅先でも高い店でなく、ほどほどの値段で美味しい飲食店を選んで行ってます。たまに不味い店に当たることもありますが、それはそれで正直に「食べちゃいけない物」として書きます。面倒くさがりのご同輩が本書を読んで、「なんだ、旅行の段取りは意外と簡単で、旅先ではそんなに楽しいことがあるのか。だったら俺も出かけてみよう」と思っていただけたら幸甚です。

旅には若返りの効果があります。好奇心を失わないことが若さを保つ秘訣とすれば、旅こそ好奇心のなせる行動ですから。

我々爺は旅で若返るのです。

それでは爺の一人旅、または二人旅に出発いたしましょう。

第1章

電話1本で手配した
東北3大桜名所巡りと越中おわら風ツアー

花見ツアーは日程選びが肝心

実を申せば私も面倒くさがりで、40代までは旅の段取りをすべて人任せにしていました。取材旅行の際は編集者に、男同士の旅は同行の友人に頼んでました。自分でするようになった、いや、せざるを得なくなったのは50歳を過ぎて一人旅をするようになってからです。最初は旅行社でパンフレットをもらい、行く先の旅館やホテルを選んで係員に予約してもらってました。しかし、それもけっこう面倒なので、JR東日本の「大人の休日倶楽部」に入会したのです。50歳から入れて、JR東日本の鉄道に限り、乗車券と特急券が5％引きになる特典がある。それも魅力でしたが、毎月旅のパンフレットが届き、その中にお一人様歓迎のツアーがたくさんあるのがありがたい。

初めて出かけたのが〈東北3大桜名所花見ツアー〉でした。岩手県の北上川、秋田県の角館、青森県の弘前城、ここを1泊2日で回るツアーです。宿泊費が二人部屋より割高なので料金は3万円を超しましたが、それはしかたありません。電話で申し込むと、オペレーターが実に丁寧な対応で説明をしてくれました。

花見ツアーで気を付けなければいけないのは満開の時期です。せっかく遠くまで出かけたのに、近年に多い異常気象でまだ3分咲きだったとか、あるいはすでにほとんど散ってしまったというのでは行った甲斐がありません。3月中に申し込む際、ゴールデンウイークの最中か、連休が終わる5月5日過ぎの出発か迷いましたが、連休終わりに賭けました。

ＪＲから乗車券とツアーのスケジュールが自宅に送られてきました。つまり電話１本で東北３県の旅行の手配ができたのです。

いよいよ出発当日、東北新幹線の指定席に向かうと、とても感じの良い女性添乗員が迎えてくれました。ツアーの参加者は30名ちょっとです。夫婦、母娘、女性同士などの二人連れが7割、一人旅が３割で男性は私ともう一人だけで、あと数名は初老の女性でした。

盛岡駅からバスを乗り換えると、地元のバスガイドさんが、「皆さんに良いお知らせがあります。今日と明日訪れる３ヵ所とも桜は満開です」と言ったとたん、車中に歓声が上がりました。

「一昨日までは5分咲きでしたけど、２日続けて気温が高かったので一気に咲きました。２日前に帰ったお客様と比べると、皆様はついてるお客様だと思います」

添乗員さんが言う通り、ついてました。その日訪れた北上川添いと角館の武家屋敷跡の桜は素晴らしかった。東京のソメイヨシノと比べると北国の桜は色が濃く、特に武家屋敷の黒板塀をバックに咲く濃いピンクの枝垂れ桜の美しさといったら息を飲むほどでした。

その日は盛岡駅前のＪＲ系ホテル泊まりで、翌日はバスで弘前に向かい、弘前城に入ります。ここは北上川や角館とはまた違う桜でした。とにかくその量に圧倒されます。歩いても歩いても桜、また桜なのです。高台にあるので展望が素晴らしく、岩木山がよく見えました。集合時間までたっぷり自由時間があったので、城内をくまなく散策し、お腹いっぱいになるまで桜を愛でました。ただ、お城の近くで取ったツアー客用の昼食はまずかった。まあ、このくらいは許容しなければならないでしょう。歩き疲れてバスで盛岡に向かう間、ぐっすり眠りました。

お腹がすいたので、新幹線の盛岡駅構内で牛肉たっぷりの駅弁を買い求め車中で食べました。桜を見るだけが目的でしたが、満足感と充実感に満ちた旅でした。

一人旅に出かける際の持ち物、服装で快適に過ごす

ここで、私が一人旅に出かける際に持っていく必需品を挙げましょう。まずはバッグですが、肩に掛けるショルダーバッグか背中に背負うデイバッグにします。どちらも両手が空いて使える。歳を取ると、ちょっとした拍子に転ぶことが多いから、常に両手が空いている状態にしておく必要があります。転んだ時に両手で支えられないと大怪我につながりますから。

同じ理由で、携帯電話と財布、ハンカチ、ティッシュくらいが入るウェストポーチか小

さめのショルダーバッグがあると、大きなバッグをホテルやバスの中に置いておき、必要な物だけ入れて身軽に歩き回ることができます。

次に服装ですが、動きやすい服が基本線とはいえ、あまりカジュアルなのは考えものです。爺がまるで似合わないジーンズをはいている姿は滑稽ですから。せめてチノパン、冬はコーデュロイなどの防寒用のパンツをはき、シャツに上着を着ましょう。上着を着用していれば、旅先のちょっとオシャレなレストランにも入れます。ブルゾン、昔風にいえばジャンパーでは旅先とはいえ、いい店へ入るのがはばかれます。そして、下着とシャツは泊まる日数だけの着替えを用意しておくこと。着たきり雀は不潔です。

私は普段帽子を愛用しているので、旅行の際も必ずかぶっています。寒い時は防寒に、暑い時は日差しを避けて熱中症予防になるので、中高年（特に髪が薄い人）には必需品とさえ思うのですが、意外とかぶっていない同輩が多い。布製のハットなら2、3千円ですしハンチングも高くありません。ただし、野球帽のようなキャップはやめましょう。爺がかぶると競輪場の予想屋みたいで貧乏臭い。私が嫌いなパチンコ屋に通う貧乏臭い爺のキャップ愛用率は高いはずで、決してオシャレには見えません。普段愛用している方でも旅行の時くらいはハットをかぶりましょう。

防寒とオシャレを兼ねたアイテムとしてはスカーフとマフラーをお勧めします。冬にマフラーは必須アイテムですし、春と秋の風が強くてちょっと薄ら寒い時にスカーフが役に立つ。赤、ライトブルーなどの明るい色の方がよりオシャレで、あなたを一層若返らせるはずです。

忘れてならないのは薬。私は中性脂肪とコレステロールを下げる薬を服用しているので、旅行の際は食事の回数分の薬を持っていきます。私の場合、1日2日服用しなくても大事に至りませんが、心臓や高血圧、糖尿などの持病がある方は、薬をお忘れなきように。それから即効性のある頭痛薬と下痢止め、バンドエイドなども用意しておくと安心ですね。

電車、バスの車中やホテルのベッドの中で読むための文庫本と、音楽を聴くためのウォークマンとCDも必ず持参します。近年はスマホで好きな曲が聴けるらしいので、車中で聴けば周囲の雑音をシャットアウトできますよ。

料金が安いツアーだと、泊まるホテルが安宿になるのはしかたありません。その場合、困るのが用意されたアメニティ用品のレベルの低さです。タオルは薄っぺらで肌ざわりが悪く、歯ブラシは使い捨てだから磨いた気がしない。そこで私は普段使っているタオルと歯ブラシを持参します。湿ったタオルを入れるビニール袋と歯ブラシのケースも一緒にです。こういう細かいことに気を遣うと旅先で快適に過ごせるのです。

女踊りに感動した風の盆

次に出かけたのは、かねてから行きたいと思っていた越中おわら風の盆です。富山県の八尾町という小さな町が9月1日から3日間にわたって催す全国的に有名なイベントで、日本中から観光客が集まります。その混雑ぶりをニュース映像で見るにつけ、「行きたいけど、あんまり人出が多いのもなあ」となかなかふんぎりがつきませんでした。

2011年、8月に入るとおわら風の盆観光の旅行案内が新聞に掲載されます。1万円台、2万円台の格安ツアーは、バスに乗りっぱなしの強行日程で体力的にきつい。爺は暇がたっぷりありますから、少しくらい高くてものんびりゆっくり余裕のある日程で旅をしたいのです。そこで、「大人の休日倶楽部」会員向けパンフレットにあったツアーを申し込みました。2泊3日で2泊とも金沢全日空ホテルに泊まり、ホテルでの食事付き。八尾には2晩続けて行くので、時間をかけて見ることができる。しかも昼間は金沢市内の観光ができるので無駄がありません。料金は確か7万円ちょっとだったと記憶してます。海外旅行ができる金額ですが、それだけの価値があると値踏みしたのです。

初日、上越新幹線と特急を乗り継ぎ(現在は北陸新幹線で直行)富山に着くと、市内にある製薬会社に立ち寄り、富山の薬売りの歴史やシステムについてのビデオを見て、名物の鱒寿司を食べた後八尾に向かいました。今回の添乗員は30代の男性でしたが、実にてきぱきしたプロでした。

ＪＲ八尾駅に近いバスの発着場から歩いて井田川に架かる十三石橋を渡ると、町中のぼんぼりに灯が入って幻想的な雰囲気が漂います。混雑ぶりは予想していたほどではありませんでした。この年は東日本大震災があったので、ガイドさんの話だと東北地方からの観光客が激減したため、例年より人出が少ないとか。まだ中国人の団体ツアー客が大勢来ない頃なのも良かったと思います。

風の盆は、東新町、西新町、諏訪町、上新町、鏡町、東町、西町、今町、下新町、天満町、福島を併せた合計11の町で行われ、各町に「富山県民謡越中八尾おわら保存会」の支部が組織されており、それぞれが特徴のある踊りと衣装で風情を競います。たとえば、鏡町はかつて花街として賑ったので、女踊りに芸妓の踊りのなごりがあって、艶と華やかさに定評があります。支部の入口でもある「おたや階段」の下がメイン会場で、階段に座って踊りを鑑賞できます。

諏訪町から東新町へと続く緩やかな坂道にぼんぼりが並び、狭い町並みに三味線と胡弓の伴奏による哀愁漂うおわら節の音曲が反響して、道の両脇を流れる用水の水音と相まって、風の盆の最高の舞台を演出します。切れの良い男衆の踊りもいいのですが、やっぱり網笠をかぶって踊る女踊りの方が風情があります。踊り手には年齢制限があり、25歳未満の女性しか踊れません。大きな会場では民謡同好会のおばさんたちが踊ってましたが、町を流す踊り手は若い女性に限られます。その踊りは優美で華麗、顔が見えない分、身体の美しい動きがいっそう際立ちます。歌舞伎役者や舞踏家が踊る日本舞踊を数多く見て目が肥えている私が、感動のあまり立ちつくし、うっとりするほど素敵な踊りでした。

踊りの列の中に格別動きが美しい踊り手がいました。私はその女性をずっと目で追っていました。踊りが終わると、彼女は踊り手の群れから離れ、一人の男性のもとに駆け寄り抱きつきました。話の様子だと、彼女にとって最後の年だったようで、恋人が見ていることもあり、心を込めて踊ったようなのです。彼女が泣いているのを見て、思わずもらい泣きしそうになりました。よくマスコミが「感動をありがとう」などと陳腐なフレーズを使いますが、感動は人からもらうものではありません。自らの感性を磨くことで得られるのです。感性を磨くには「数多く見ること」で、観光とは「観て光(感動)を得ること」と解釈しています。

観光客が携帯で写真を撮る際のフラッシュが目障りなのが玉に瑕《きず》でしたが、2晩かけて11の町を回り、越中おわら風の盆を堪能しました。1日では物足らなかったでしょうから、2泊3日のツアーは大正解でした。

金沢の市内観光は2日間の昼でした。定番の兼六園、ひがし茶屋街、浅野川添いをガイド付きで観光し、フリータイムには一人で泉鏡花記念館を訪れ、敬愛する作家の足跡をたどり、記念館の裏の老舗和菓子屋が経営する店で和菓子と抹茶を頂きました。宿泊は一流ホテルですから食事が美味しく、部屋も快適でした。爺の一人旅はかくありたいもの、と思った次第です。

一人旅のポイント

２０１３年に65歳になりました。65歳から入会できる「大人の休日倶楽部ジパング」に入り直すと、日本全国どこへ行くにも乗車券が30％オフになります。新幹線の特急券も同様（ただし、東海道新幹線はひかり号しか使えない）です。

送られてくるパンフレットもシニア向けのツアーが多くなり選択肢が増えました。一人だとフリータイムに自分の行きたい場所へ行ける。これもツアーの楽しみでしょう。それには、どこへ行くか事前にリサーチしておくことが大事なので、ガイドブックなどで検討し事前の計画を怠らないようにしましょう。

第2章

どこを見たい、何を食べたい、誰に会いたいか、旅の目的を決める

鹿児島の旅

私は基本的に一人旅を好みますが、道連れがいる場合、たいていは友人か親しい落語家さんです。お供をしてくれるのは春風亭勢朝さんと桂竹丸さん。勢朝さんは「落語協会の秘密へいき」といわれ、芸人の秘密を平気でしゃべる楽屋話の名手です。竹丸さんは鹿児島出身で侠気があり、面倒見のいい人です。というわけで、この章では気の合った男同士の旅の楽しさをお伝えしましょう。

勢朝、竹丸両君と出かけた最初の旅は鹿児島でした。目的は名物の黒豚料理を食べるのと指宿温泉、そして以前から行きたかった知覧特攻平和記念館を訪れるためです。彼らは地方の仕事で旅慣れているので、航空券やホテルの手配を全部やってくれます。もし、あなたが旅の手配が苦手でしたら、そういう手配を厭わない友人と同行すればいい。現役時代総務部に居て、出張の手配はお手のものなんていう友人だったらもってこいですね。

初めて訪れる鹿児島は気持ちの良い街でした。ただ、竹丸さんに言わせると、「桜島の火山灰が降る日は気持ち良くない」とのことです。昼間は西郷南州顕彰館、維新ふるさと館、尚古集成館を訪れました。集成館は島津藩主の別邸、仙巌園と隣接しており、桜島を築山に、錦江湾を池に見立てた雄大な借景を持つ見事な庭園でした。

夜は竹丸さんと同じ鹿児島出身の落語家、三遊亭歌之介さんの案内で鹿児島随一の盛り場、天文館に出かけました。思い起こせば30年前、私のプロデュースで歌之介、勢朝、竹丸、それに「笑点」の司会でお馴染みの春風亭昇太の4人が新作落語のネタ下ろしの会を始めたのです。4人はいまだにそのことを恩に感じて、何かと私に親切にしてくれます。芸人さんは義理堅いのですよ。

歌之介さんは地元でしょっちゅう独演会を開いており、この日は講演会の仕事で帰郷してました。目当ての黒豚のしゃぶしゃぶ店は、店主が歌之介さんの贔屓客とのこと。私たちを迎えてこう言います。

「鹿児島の黒豚には等級がございまして、東京に出回っているものはたいてい3級、よくて2級ですが、うちでは1級の黒豚を出しております」。歌之介さんを除く3人は腹の中で、「ホントかよ。これでまずかったら許さないよ」と思ってました。ところが、その1級の黒豚は東京で食べた黒豚とは似て非なる物でした。鍋の中の湯につけたとたん、まるで霜降り牛肉のように縮んで、ポン酢をつけて口の中に入れるととろけるような美味しさなのです。上等の牛肉より美味しく、しかも湯につけてもアクが出ない。店主が能書きを垂れるだけのことがあります。全員が「参ります」と脱帽しました。店の名前を失念しましたが、行きたいという方がいたらガイドブックかネットで「1級の黒豚を出すしゃぶしゃぶ店」を調べてみてください。

特攻隊員の遺書に号泣する

宿泊したのは城山観光ホテルで、温泉の大浴場からは雄大な桜島が見えます。2日目は朝飯抜きで早めの昼食に黒豚のとんかつを食べました。しゃぶしゃぶとはまた違う美味しさです。腹ごなしに指宿温泉へ行き温泉に入ったのですが、そこで、鹿児島の男たちは浴場で局部を隠さないことを認識しました。関東の銭湯や温泉の大浴場では、手拭いかタオルで前を隠して湯舟に向かうのが習慣なのに、薩摩の男たちは堂々とブラブラさせて歩くのです。実に男らしい。郷に入らば郷に従えで、私も前を隠さず歩きました。

最後の目的地は知覧特攻平和会館です。知覧には戦時中特攻基地があって、この地から千人以上の若者が飛び立ち、史上類のない爆弾を積んだ飛行機もろとも敵艦に体当たりしたのです。この会館は陸軍特別攻撃隊員の遺影、遺品、記録など、貴重な資料を収集し保存、展示して当時の隊員の真情を後世に伝えようとする記念館なのです。

まず、特攻機の実物が展示されているのが目を引きます。映画で使う張りぼての飛行機みたいなので驚きました。こんな粗末な飛行機で体当たりしたのかと。特攻隊員の英霊コーナーには遺影が並んでいました。どの顔も凛々しい。出撃前の隊員たちを撮った写真もあって、子犬と遊ぶ者、腕相撲をする者など、彼らのあどけない表情が哀れを誘います。

さらに、展示されている隊員の遺書を読んで、ついに涙が溢れました。

いずれも毛筆でしかも達筆。戦前の若者は字が上手いのです。その達筆の文字で書いた遺書が泣ける。たいていが両親に宛てた手紙なのですが、中に継母に宛てた遺書がありました。継母を一度も「お母さん」と呼んだことがなかった息子が書いた遺書の一部を、売店で購入した『知覧特別攻撃隊』という本から抜粋しましょう。

遂に最後迄「お母さん」と呼ばざりし俺
幾度か思い切って呼ばんとしたが
何と意志薄弱な俺だったろう
母上お許し下さい
さぞ淋しかったでしょう
今こそ大声で呼ばせて頂きます
お母さん　お母さん　お母さん

この遺書を読んだ私と勢朝、竹丸は涙が止まりませんでした。いい歳をしたおじさん3

人が泣いている姿を、見学に来た中学生たちが不思議そうな顔で見てましたっけ。

薩摩の小京都といわれる知覧には武家屋敷が多く残っており、邸内には庭園もあって観覧できます。小学生の団体がスケッチに来ていて、子供たちはすれ違う観光客にいちいち「こんにちは」と挨拶するのが実に気持ちがいい。良い教育と親の躾をうけているのでしょう。こういう子供たちが将来、ダメな大人になるわけがありません。泣いたカラスがもう笑ったで、私たちは子供たちと談笑し、清々しい気分で知覧を後にしました。

鹿児島市内に戻り、人気のラーメン店で食べてから空港に向かいました。食べ物、温泉、町並み、記念館、すべてが満点の1泊2日鹿児島旅行でした。

大阪の旅

勢朝さん、竹丸さんを道連れに出かけた2度目の旅は大阪で、目的は道頓堀の松竹座でやっている藤山直美と前川清の公演を観劇すること。それと大阪の名物を食べるのが目的です。まず着いた日の夜に、てっちりの店に行きました。東京よりも安くて美味しいフグ刺しとフグ鍋をたらふく食べ、その後店を変えようと、大阪の馴染みの芸者二人を呼び出しました。

「馴染みの芸者がいるのかよ」と思ったでしょうが、その正体は上方落語の桂あやめさんと林家染雀さん。ご両人は「姉様キングス」というユニットを組み、芸者の格好（染雀さんは女装）で音曲漫才をやるのです。私は東京で二人の会のプロデュースをするくらい親しいので、大阪に行くたび連絡します。当然二人は勢朝、竹丸とも親しいので、合流して飲み始めました。私は酒を一滴も飲まないのに、落語家さんが相手だと何時間でも酒席を共にします。東西４人の落語家に囲まれ、芸人たちの裏話や噂話などで盛り上がり、愉快な一夜になりました。

ホテルは寝るだけですから格安のビジネスホテルです。翌日はお目当ての観劇。松竹新喜劇の天才役者、藤山寛美の娘である直美は、父のＤＮＡを受け継いだ素晴らしい女優です。前半は喜劇で、前川清が直美の相手役を務め大いに笑わせ、後半は前川の歌謡ショーという構成です。それは楽しい上質のエンターテイメントでした。

大阪へは仕事で度々出かけますが、必ず食べるのがお好み焼です。関西はたこ焼きを代表とする「粉物食文化」の土地で、お好み焼もその一つ。私は関西にしかない、ねぎがたっぷりに牛スジとコンニャクが入った〝ねぎ焼き〟が好物です。最近は東京でも食べられますが、やはり本場は味が違う。阪急梅田駅に近い梅田エストの中にある〈やまもと〉が行きつけです。

さらに土産として必ず買うのは、大丸デパートの食料品売り場、新大阪駅の地下街などで売っている〈551蓬莱〉の豚まんです。東京では肉まんといいますが、この商品は豚まん。1個170円と安く、4個入りを買って新幹線に乗車すると、東京に着くまでに小腹がすいて、たいてい2個くらい食べてしまいます。付いている辛子を塗るだけで美味しいので、車中で食べるにはもってこい。まだ一度も食べたことがないという方は、だまされたと思って買ってください。東京でもデパートで催す全国上手い物展で売られることがあります。私は池袋の西武に出る時、行列に並んでまで買います。

大阪の魅力は、「食い倒れ」といわれるくらい安くて美味しい食べ物が多いのと、お笑い文化が根づいていることでしょう。大阪へ行ったら、吉本興業系の劇場でお笑いを見て、昼はお好み焼かたこ焼き、夜はてっちりを食べるのがお勧めです。

札幌でも楽しみは食べること

勢朝、竹丸両君とは、2015年6月にも札幌へ旅行しました。竹丸さんは札幌でラジオのレギュラーを持っていた時期があり、当地に詳しい。また、札幌には我々の共通の友人、タレントのドン川上がいます。ドンちゃんは元巨人監督の川上哲治になり切った物真似で、フジテレビの『笑っていいとも!』に出るなど、一時期東京で活躍していましたが、この20年は故郷の札幌でテレビやラジオのリポーターなど、タレント活動をしていました。

川上監督が亡くなって仕事が減ったでしょうに、しぶとく生き残っています。

市内観光は定番の時計台、テレビ塔に行った後、もいわ山ロープウエイに乗って札幌市内を一望しようとしたところ、あいにくの曇り空でモヤに霞んで眺めることができませんでした。天気が悪いとそういう不運もあるのが旅です。夕方、ドン川上がホテルにやって来て、再会を喜び合いました。

さて、北海道といえばジンギスカンとカニです。これを食べなければ札幌に来た甲斐がない。まず、初日の夜はジンギスカン。札幌ビール園みたいな観光客相手の大店舗はお勧めできません。町中にあって地元の人たちが食べにくる小さな店がいい。これはどこの土地でも当てはまることです。安くて美味しい店は地元の人に訊くのが一番。知り合いがいなければ、泊まったホテルのフロントで訊くかネットで調べるといいでしょう。

以前札幌に来たとき、ドンちゃんに連れて行かれたジンギスカンの店を私が憶えていて、そこに案内してもらいました。ラム肉特有の臭いと食感はほかの肉にはないものです。付け合わせのジャガイモ餅は焼くと香ばしくて実に美味しい。ブランド牛や黒豚と比べると安価なのが嬉しいですね。

ジンギスカンといえば、前の札幌旅行で羊が放し飼いにしている牧場へ行った時のこと。牧場内にあるレストランの店内から羊が見えるので、観光客はそれを見ながらジンギスカンを食べています。娘たちが羊を見て「可愛い！」と言い、ラム肉を食べて「美味しい！」と言ってる。「お前たちが食ってるのは、可愛いと言った羊じゃ！」と突っ込みたくなりました。ジンギスカンは羊が見えない所で食べましょう。

翌朝、私は早起きして中島公園を散歩しました。以前に訪れたときは黄葉の季節で、イチョウの葉が落ちて黄色い絨毯の上を歩いているみたいでしたが、今回は新緑の季節です。東京では味わえない良い空気をたっぷり吸いながら歩いてきました。早起きして地元の公園を散歩する。これもまた旅の楽しみの一つです。

ホテルに戻ると皆で軽い朝食を取り、大通り公園に植えてある季節の花々を見たり、北海道神宮へお参りして家内安全、商売繁盛を祈念したり、市場でアスパラやジャガイモなどを買って家に送ったりした後、お昼はカニ料理です。ホテルのコンシェルジュに教えてもらった店で、タラバや毛ガニを焼いたり、しゃぶしゃぶで食べたり、さらにカニグラタンと、様々な料理法でカニを食べ尽くしました。それからちょっと遠出して、北大のキャンパスや札幌ドームなどを見に行き午後を過ごしました。

夜は竹丸さんが行きつけの料理屋へ。海鮮料理の店で、貝類が美味しい上に、初めて焼きダコを食べました。タコ焼きでなく焼きダコ。生のタコを七輪の炭火で焼いてポン酢で食べるのです。これがバカうま！　特別にお店が「鮭子《けいじ》」を出してくれました。めったに獲れない鮭で、脂がのってて美味しかった。竹丸さんが「これは本物のケイジで偽ケイジじゃありません」と言うと、勢朝さんが「竹ちゃん。ケイジだけに張り込んだね」と返しました。落語家はどんなことでも笑いのネタにしてしまいます。

翌日、思い残すことなく新千歳空港に向かいました。空港の売店で買ったお土産は夕張メロンのゼリーと和菓子。いずれも千円以下の安い物です。ドン川上と会えたし、ジンギスカンとカニと鮭を食べて、目的をすべて果たした旅でした。

道連れがいる旅のポイント

同行者は仲の良い友人に限ります。友だちと二人で行くつもりが、友だちが自分の友だちであなたがよく知らない人を連れてきたとしたら楽しいわけがありません。ゴルフでコースを回るくらいならともかく、1泊、2泊の旅行は気心が知れた同士で行くのがよろしい。気が合えば、観光したい場所、食べたい物も一致するものです。

学校の同窓生数名と旅をする場合、同窓の仲間が住む土地へ行くのはどうでしょう。現地に友人がいると案内してもらえるし、自家用車を持っていればたいへん心強い。宿泊するホテル、旅館や食事をする店の手配も頼めるし、いいことずくめです。知り合いのいる所を選ぶのも旅の心得の一つでしょう。

第3章

神社仏閣の参詣は爺にぴったり

京都に来たら、まずは平安神宮へ

私は特定の宗教を信じているわけでなく、信心深いほうではないのですが、散歩を兼ねて都内の神社やお寺によく行きます。旅先でも必ず1ヵ所はお参りします。前述した東北旅行と北陸旅行でもお参りしましたし、札幌では北海道大神宮に参詣しています。この章では、これまで私が行った神社仏閣をご案内したいと思います。

まずは京都から。私の好きなコースを紹介しましょう。京都駅に着いたらバスで八坂神社へ向かいます。お参りをしてから円山公園を通り知恩院に寄る。知恩院から北へ向かうと平安神宮の参道に入る。平安神宮は必見、いや必参の神社です。朱色の鳥居と砂利を敷きつめて境内を通ってお参りすると、「ああ、京都に来たんだ」という気分になります。庭園広大な庭園には桜、新緑、紅葉など四季折々に見所があって、入園料4百円は安い。庭園を歩くと疲れるので、私はすぐに近くのウエスティン都ホテルに向かうのが常です。よく泊まるホテルで、チェックインをすませるためですが、雰囲気の良いカフェがあるので休憩地点として覚えておいてください。このホテルは京都駅七条口にオフィスがあり、駅に着いてすぐそこに荷物を預けるとホテルまで届けてもらえます。手ぶらで観光できるわけです。

ホテルで一服したら、歩いて南禅寺を参りましょう。南禅寺三門は歌舞伎で石川五右衛門が、「絶景かな、絶景かな」という名台詞を吐く所。参道には名物の湯豆腐の店が並びますが、特別美味しい物ではないので食べることはありません。京都にはもっと美味しい店がたくさんあります。

南禅寺から哲学の道を歩いて銀閣寺に向かうのは花見の定番コースですが、「今さら銀閣寺というのもな」という方は南禅寺のちょっと北にある永観堂禅林寺をお勧めします。「みかえり阿弥陀」が祀られる阿弥陀堂をはじめとする古建築が緑と水に恵まれた庭と調和し、優美な景観の中に身を委ねると心が洗われます。「紅葉の永観堂」として全国に知られているだけあって、紅葉の季節は参拝客が列を成すのでお出かけの際はご注意を。

京都で出会った老夫婦との交流

一人旅の良さは旅先で思わぬ出会いがあることです。永観堂で私はある老夫婦と知り合いになりました。4月上旬、花見に出かけた時のこと。境内で80代と思われる老人が屈み込んでいるのを見て、「大丈夫ですか」と声をかけたのがきっかけでした。側に夫人らしき女性がいて、「ちょっとめまいがしたみたいで」と答えましたが「座って休んだほうがいいですよ」と言い、老人の身体を支えてベンチに座らせました。

「ご親切にありがとう存じます」

「お陰さまで助かりました」

老夫婦は共に礼を述べました。その言葉遣いと物腰から生粋の東京人と察しました。

「どちらから？」と尋ねると、「日本橋の人形町です」と言うので「やっぱり」と思いました。「うちの父が浜町で育ったのでご近所ですね」と言ったら老夫婦が揃って嬉しげな表情になりました。ご主人は私同様ソフト帽をかぶっていて、私より似合っています。3人でベンチに座って話を聞いたところ、ご主人がガンで手術をしたので、これが最後の夫婦旅行と覚悟して、新婚旅行先でもあった思い出深い京都を訪れたのこと。私が自分の職業を明かすと、ご主人は拙著『江戸前の男～春風亭柳朝一代記』を読んでくださったようで、「吉川先生と知らずに失礼しました」と言いました。ご夫婦は名を名乗りましたが、ここはM夫婦としておきましょう。

M氏の気分が良くなったので、永観堂を出てタクシーを拾える所まで送りました。するとM氏が、「今夜のお食事のご予定は？」と尋ねたので「別にありません」と答えると、「よろしかったらご馳走させてください」と言うのです。「私どもは料理屋に不案内なのでお心当たりがあったらご紹介願えるとありがたいのですが」と言われ、すぐに頭に浮かんだのが、行きつけの蕎麦懐石の店〈澤正《さわしょう》〉です。京都駅を南に下り、剣神社の前の小道を入った所にあります。ここは蕎麦が美味しいのはもちろん、蕎麦の前に出てくる料理の数々が凝っていて量もほどがいい。滞在中に行くつもりだったので、すぐに電話をしました。私は「間がいい男」と言われており、こういう時に予約が取れなかったことがありません。当日にもかかわらず、首尾よく個室が取れました。

蕎麦が大好きというM夫妻は大変喜んでくれ、夜に宿泊先である京都駅前のホテルへ私が迎えに行く約束をしました。私はウエスティン都ホテルに戻りひと休みした後、祇園を散策してからご夫婦を迎えに行きました。〈澤正〉では趣味の良い器に盛られた素晴らしい料理を食べながらご夫婦の話を伺いました。82歳のM氏は長年馬喰横山で衣料問屋を経営し、7年前息子さんに会社を任せた後は夫婦共々自適の暮らしをしているようです。「ところが、進行の早いガンにかかりまして、医者から余命半年と宣言されました。でもそれからすでに8ヵ月たちます。人間、なかなか死なないものですなあ」

そんなことを淡々と語ります。夫人も、「あたしも覚悟をしていたのに、なんだか拍子抜けです」と微笑む。連れ合いの死を覚悟した夫人の凛とした言い様に私は感服しきりでした。

「思い起こせば戦中戦後と苦難の時代を精一杯生きてきました。小さいながらも会社を経営し倅《せがれ》に残しました。思い残すことはありません。旅行も今回が最後になるでしょう。そんな旅先で吉川さんとお会いしたのも阿弥陀様のお導きだと思います」

確かに、永観堂で出会ったのは仏縁だったのかもしれません。

「今日平安神宮で見た桜は格別でした。『年々歳々花相似たり、歳々年々人同じからず』と言いますが、花は同じでも見る人間の状況は変わります。これが最後の花見と思って見る桜は感慨深いものでした」

M氏の言葉には説得力がありました。

ご夫妻は出された蕎麦をたいらげると「京都でこんな美味しいお蕎麦を頂けると思いませんでした。あなたのお陰です」と頭を下げました。こっちがご馳走になったので恐縮しきりです。「帰京したらこんどは東京でお会いしましょう」と連絡先を教え合いました。帰京して間もなく、奥様からご丁寧な礼状を頂き、「こんどは地元の人形町で食事をご一緒にしましょう」と書いてありました。しかし、それからひと月もたたないうち、M氏の訃報に接しました。弔問に訪れた際、奥様にお悔やみを述べると、「主人はよっぽど京都の食事が楽しかったようで、よく吉川さんのお話をしていました」と言ってもらいました。私は不覚にも涙が溢れました。旅先でたった一度だけ食事をしたことが、それほど良い思い出になったのが嬉しかったのです。

一人旅はこういう出会いがある。読者の皆様にも良き出会いがありますように。

京都名刹巡り

まずは、龍安寺です。ここの石庭と呼ばれる庭は庭石があって、その集合、離散、遠近、起状は見る人の思想、信条によって多岐に解かされるとか。実に哲学的な石庭なのです。花見の季節には石庭越しに見る濃い紅色の垂れ桜がうっとりするほど美しい。垂れといえば、すぐ近くの仁和寺の紅垂れも一見の価値があります。遅咲きなので4月下旬まで楽しめます。

仁和寺から太秦の映画村へ行くのが私のお勧めコース。映画村は時代劇ファンにとってドリームランドです。長屋や武家屋敷などの時代劇のセットや忍者ショーを観てから時代劇の扮装をして写真を撮るのもいい。私が行った頃は、女性がお姫様と町娘、男性は新撰組隊員と旅がらすの扮装で写真が撮れました。新撰組ファンとして気を引かれましたが、素人はかつらが似合わないので思い止まった次第。

太秦から嵐山に出向けば、ここには名刹がたくさんあります。天龍寺、常寂光寺、祇王寺、二尊院、清涼寺（嵯峨釈迦堂）など各所で花見を楽しみ、嵐山からトロッコ列車に乗ります。レトロなデザインの列車で渓谷の景色を楽しみながら亀岡駅まで行く。そこからは船頭さんが棹1本で操る舟に乗って保津川下り。着船場から歩いて10分で阪急嵐山駅に到着です。

さて、食事処ですが、私は下鴨神社へ向かいます。長い参道は「糺《ただす》の森」と呼ばれ、両側が鬱蒼とした森に囲まれて薄暗く、時代劇に出てくるような場所です。今にも鞍馬天狗か新撰組が現われそう。お参りした後、歩いて数分の料理屋〈吉泉《きちせん》〉に向かいます。あらかじめ予約しておいた時間に着くと、玄関先で若い従業員が着物姿で迎えてくれます。板前の見習いさんで、まず接客から教えるのが、店主の方針と聞きました。

座敷の床の間に飾られた掛け軸と生け花を見て、店主に茶道の心得があると察せられます。供された料理はどれも絶品でした。挨拶に来た女将に盛り付けの美しさを褒めると、店主が日本画を習っているとか。優れた板前はたいてい絵心があるものです。1万5千円のコースは贅沢でしたが、コストパフォーマンスとしては決して高いとは思いませんでした。

初めて行った時、お勘定をすませた後に女将から「お供さんは?」と訊かれ、意味が分かりませんでした。関西で「お供さん」とは車のこと。タクシーを呼びましょうかという問いかけなのです。お供さんを呼んでもらった後、料理の美味しさの余韻に浸りました。それほど見事な京料理でした。以来この店は京都での食事の定番となったのです。

旅は非日常を楽しむものですから、食事は普段より贅沢な物を食べましょうよ。自宅に帰ったらしばらく粗食で我慢すればいいだけの話です。

京都の朝食は朝がゆがいい。ウエスティン都ホテルの名物ですが、他のホテルでも朝食メニューにあるはずです。お腹にやさしく、特に前の晩にお酒を飲んだ方にお勧めです。朝食が済んだら四条河原町へ出かけます。祇園を散策して疲れたら、お茶を飲む店は〈鍵善〉に限ります。名物のくず切りは吉野葛を使った優れもので、黒蜜か白蜜をチョイスして召し上がってください。お土産の和菓子も充実していて、スイートポテトの「おひもさん」、竹筒に入った水羊羹がお勧めです。

1泊2日の京都名刹巡りと食べ歩きの旅行。あなたも出かけてみませんか。

善光寺に参って、私は一茶になった

長野の善光寺は『お血脈』という落語の舞台になっているので参詣したのですが、まずその敷地の広大さに驚きました。さすが東日本最大の伽藍を有する名刹だけのことがあります。長い参道を仲見世と称するのは東京の浅草寺を思わせる。御本尊の一光三尊阿弥陀如来は日本最古の仏像で、思わず手を合わせたくなる厳かなお姿でした。名所のお戒檀巡りは御本尊の安置される瑠璃檀下の真っ暗な回廊を通るのですが、真の闇とはこういうものかと分かります。中程に懸かる極楽の錠前を探り当てて、秘仏の御本尊と結縁する。暗闇の中、壁を伝わって歩くのは不思議な感覚で貴重な体験をしました。

『お血脈』は本田善光が善光寺を開くまでの物語の後、血脈のご印を額に頂けば誰もが極楽浄土に行けるということで地獄が衰退したため、大盗賊の石川五右衛門が盗もうとする。首尾よく血脈のご印を盗み出した五右衛門が、「ありがてえ」と額に頂いたため、奴も極楽に行っちゃったという話です。私も極楽浄土へ行きたいので購入しました。

長野といえば信州、信州といえば蕎麦です。蕎麦好きとしては美味い蕎麦を食べて帰りたい。そこで市内の有名店2軒をはしごしました。結論は、「東京の蕎麦屋のほうが口に合う」です。1軒目の蕎麦屋はまあまあでしたが、つゆが甘ったるくて不味い。私が敬愛する立川談志師匠が長野で蕎麦を出された際、バッグの中から市販の蕎麦つゆの瓶を出して、それをつけて食べたという話があります。店の人は嫌な顔をしたでしょうが、信州の蕎麦を東京のつゆで食べたいという師匠の気持ちはよく分かります。

2軒目は蕎麦自体がダメでした。切り方が雑で、太いのと細いのとがあります。一緒に茹でれば当然茹で加減にムラが出てくる。太いのはボソボソしていて細いのは茹ですぎでグチャっとする。この話を後日勢朝さんにしたら、こう言われました。

「信州は真田の領地ですから、茹でにムラがあるのはしかたありません。真田ゆでむらと言いまして」

なんでも洒落にしてしまうのが落語家の性です。

有名店の蕎麦は口に合いませんでしたが、長野市内にはきっと隠れた名店があるはずです。蕎麦はともかく善光寺が素晴らしかったので良しとしましょう。長野へお出かけの際はぜひ御参拝してください。

長野では楽しい出来事がありました。市内を散策の途中、公園で休んでいたら、隣のベンチで小学校低学年くらいの女の子が二人で折り紙をしています。2枚の折り紙を組み合わせて「手裏剣」を折っている。女の子が忍者ごっこをするのかなと思い、「鶴は折らないの？」と話しかけました。すると一人が、「折るけど、手裏剣は学校で男の子にあげるの」と答えました。

「一緒に鶴を折らない？」と問いかけると、「うん、折ろう」と折り紙を1枚差し出しました。「じゃ、どっちが早く折れるか競争しようよ」と同時に折り始めました。手加減せずに本気で折ったので、子供たちより早く終えました。「おじさん、上手だね」と褒められ良い気分です。すると一人の子が「もう1回競争しよう」と言い出しました。リターンマッチを受けたところ、こんどは見事に負けました。女の子たちは「やった！」と大喜びです。ベンチの上に色とりどりの鶴が6羽並びました。

「楽しかった。ありがとう」

相手が子供でもきちんとお礼を言うのが礼儀です。すると二人は鶴を布製のバッグに入れて、「また遊ぼうね」と言って帰って行きました。所が信州だけに、私は子供と親しんだ小林一茶になったような気分でした。

我と来て遊べや親のない雀

旅の途中の小さな出来事です。

伊勢神宮には神様が居ます

日本が世界に誇る神社といえば伊勢神宮です。父が長唄の芸人ということで、我が家には神棚があって、大神宮様を祀ってありました。伊勢神宮の東京出張所ともいうべき飯田橋の東京大神宮へは毎年初詣に行ってます。そんなわけで、一度は伊勢参りに行かねばと思い、出かけたのは15年前のことでした。

お伊勢参りをしたことのある友人に、「三重交通の定期観光バスに乗るのが便利」と聞いていたのでそれに従いました。初日は鳥羽のホテルに泊まり、翌朝鳥羽発の「伊勢神宮とスカイラインコース」に乗車しました。二見興玉神社を参り夫婦岩を見て、伊勢志摩スカイラインを走って金剛證寺を参拝してから、おかげ横丁に立ち寄り、内宮へ向かうコースです。

バスの車内で面白い女性たちと知り合いになりました。大阪から来たというおばちゃん姉妹です。見た感じは往年の名トリオ漫才、かしまし娘の正司花江と照江。つまり、長女の歌江抜きのかしまし姉妹といったところ。バスで隣り合わせに座った姉妹に「みかん、食べはる?」と勧められ、ご相伴にあずかったきっかけに、バスを降りるたびに連れ立って見物することになりました。まさに「旅は道連れ、世は情け」です。

大阪のおばちゃんは会話が漫才っぽくて実に面白いのですが、この姉妹も例にもれず、やり取りが上方漫才でした。たとえば土産物売り場で姉が、「あんた、これ買うん?」と妹に尋ねる。「買わへんがな」「ほな、あたし買うわ」「買わんとき」「買う、買う。おねぇさん、これなんぼ?」と店員に値段を聞き、「ちょっと安うならへん?」と値切る。店員に断わられると、「ほなやめとこ」と買うのをよす。すると妹が「そやから買わんときて言うたやん」と笑う。姉が「ものは試しや」と笑う。何気ない日常の会話が漫才の間合いなのです。

楽しませてもらったお礼に、おかげ横丁で焼きはまぐりをご馳走すると、姉妹は「悪いわ」と言いながらも、「やっぱり東京の男は気前がええ」と喜びました。大阪のおばちゃんはご馳走されるのが大好きです。

私は「吉川」と名乗っただけで職業は明かしませんでした。作家だと言うと、いろいろと質問されて面倒なこともあるのです。一緒に内宮を参拝してもよかったのですが、漫才を聞きながら参道を歩くのもはばかれるので、まだ土産物を買うという姉妹とおかげ横丁で別れ、一人で参ることにしました。ところが別れ際、「お二人のお陰で楽しかったです」と礼を言うと、妹のほうが、「こちらこそ、吉川先生とご一緒させてもろうてよかった」と言うではありませんか。「僕のこと、ご存知でしたか」と尋ねると、「ええ、週刊誌で写真を拝見したことがあるんで」と言います。当時はよく週刊誌に辛口エッセイを書いていたから、掲載された写真を見たのでしょう。やり取りを聞いていた姉が、「あんた、こちらさんのこと知ってたん?」と驚きました。「作家の先生や」「どうして教えてくれへんの」「お姉ちゃんに言うたら、あれこれ詮索して先生が困ると思うて黙ってたん」「いけずやな」といったやり取りがまた面白い。それにしても、別れ際に明かすとは粋な計らいです。いやはや、大阪のおばちゃんは侮れませんな。

さて、いよいよ参拝です。参道に足を踏み入れたとたん、良い気が漂っているのを感じ取りました。いかにも「神様がおわします」といったオーラを感じたのです。五十鈴川の清き流れに手を入れると、その冷たさに身が引き締められます。内宮から猿田彦神社へ、御成街道を通って神宮徴古館へ、そして外宮を参拝しました。

結論は、「日本人たるもの、一度は伊勢神宮を参拝すべき」であります。

第4章

お城巡りは歴史好きの爺にお勧め

松江城の優雅な佇まいと松江の町並み

神社仏閣と並んで日本が世界に誇る建築物は名城でしょう。私が行ったお城の中から選んだ名城ベスト3は、松江城、彦根城、会津若松の鶴ヶ城です。

出雲大社は縁結びの神様なので、爺がいまさら参ることもないのですが、一度行ってみたくて飛行機で出雲空港に向かいました。空港からバスで大社へ。参詣してから参道の蕎麦屋で出雲蕎麦を食べた（長野の蕎麦よりは美味しかった）後、松江に向かいました。

別名、千鳥城といわれる松江城は天守閣が有名です。明治初期、城内の建物は全部取り壊されたのに、天守閣だけは有志の奔走によって保存され、1950～55年の解体修理を経て現在の形になりました。国宝に指定されるこの天守閣は、望楼様式を加えた複合天守で内部は6階になっています。城攻めされた時を想定して造られた実戦本意で安定感のある無骨な外観ですが、中に入ると桃山風の手法が随所に見られます。城内は緑が多く、散策にはもってこい。堀川巡りの舟に乗って城下町を巡るのも趣があって楽しかった。なにせ舟からお城と町の景色、両方が見られる水郷なのですから。

お城の近くにある茶室、明々庵は、茶人として知られる松江藩七代目藩主、松平直政によって建てられたもの。直政は号を「不昧《ふまい》」と称したことで「不昧公」といわれました。

茶器の収集に没頭し、ご家来衆にも茶道を勧めたそうです。ちなみに、藩主が茶道に凝ると、家来だけでなく町民たちもお茶をやるようになるので、そういう土地には必ずお茶受けの美味しい和菓子があります。金沢、仙台に有名な和菓子屋があるのは茶道好きのお殿様がいたからに他なりません。当然松江にもあったので土産に買って帰りました。

彦根城では彦にゃんに会えなかった

彦根城といえば井伊直弼。幕末に大老となり、日米修好通商条約に調印。「開国の父」と呼ばれたものの尊王攘夷派の志士に恨まれ、桜田門外で暗殺された悲劇の主人公です。その直弼が青春時代を過ごしたのが彦根で、国宝である彦根城の天守閣はその気品と偉容において松江城をも上回ります。外観の美しさだけでなく、城本来の機能にも優れていることが城内を見て回るとよく分かる。天守閣には隠し部屋や矢狭間、鉄砲狭間など、敵の来襲に防戦するための仕掛けが設けられている。さらに数々の櫓、二重の堀、どれをとっても見事としか言いようのない城郭です。城の北東にある庭園〈玄宮園〉は、江戸時代初期に造成されたもので、大きな池に突き出すように建つ臨池閣、鳳翔台といった建物の他、入り江に架かる9つの橋など、変化に富む回遊式庭園です。桜の時期だけではなく、蝉しぐれ、紅葉、雪景色の時期と、四季折々の風情が楽しめます。

ゆるキャラ好きの方は有名な彦にゃんに会えます。1日に1度登場するみたいで、私が行ったときは出番が終わったばかりでした。私は着ぐるみもゆるキャラも好きではないのでなんとも思いませんでしたが、同行した島君は大変残念がってました。

会津若松で出会った古武士のような老人

私が会津贔屓なのは理由があります。亡き立川談志師匠がこうおっしゃいました。

「江戸っ子とは、東京に生まれ育っただけでなく、ご一新(明治維新)の時、心情的に徳川家(師匠は〝とくせんけ〟と言ってました)に味方する者を言うんだ」

つまり、東京生まれでも薩摩・長州の官軍に味方する者は師匠に言わせると「田舎っぺえ」ということになります。私は父の代から徳川家贔屓で、新撰組と彰義隊が大好きですから、胸を張って「江戸っ子」といえるのです。藩主が京都守護職を務め、新撰組を抱えていた会津藩が好きなのも同じ理屈。最後まで官軍に抵抗した会津藩をこよなく愛する者の一人です。そういうわけで、会津若松には何度も訪れています。

真っ先に行くのが鶴ヶ城。五層の天守閣があり、戊辰戦争では約1ヵ月間の激しい攻防戦に耐えた難攻不落の名城として名をとどろかせました。会津を目の敵にした明治政府の命令により取り壊されましたが、1965年に再建、2011年には国宝の天守閣の屋根を幕末当時の赤瓦によみがえらせたのです。遠くから見ても美しく、私が一番好きなお城といってもいいでしょう。

次に向かうのは白の北東の飯盛山。ここには戊辰戦争で戦った白虎隊十九士の墓があります。白虎隊の隊士は16～17歳の少年たちで、官軍と戦い飯盛山に籠ったものの、山の中腹から火に包まれた城下を見て城が焼け落ちたと勘違いし、後を追おうと少年たちは自ら若い命を散らしたのです。スロープコンベアに乗って飯盛山に昇り、この墓を参るたび少年たちの気持ちを想い涙を禁じ得ません。

側にある白虎隊記念館には戊辰戦争に関する史料が数多く展示されています。白虎隊隊士が自刃した短刀や、会津藩士が使った鉄砲などの他、新撰組局長、近藤勇が使った鉢がね、隊士の島田魁所有の新撰組袖章など貴重な物もありました。当時高校生だった息子を連れて行ったら、白虎隊を描いたアニメビデオを見て泣いてましたっけ。同世代の若者として感ずるものがあったのでしょう。読者諸兄も会津を訪れたらお立ち寄りください。

3年前に隊士の墓を参っていた時のこと、目を閉じて手を合わせて冥福を祈り、目を開けると隣で同じようにしている老人がいます。80前後とお見受けしました。老人は私に会釈すると、「白虎隊に縁のある方ですか」と尋ねました。私を隊士の子孫とでも思ったのでしょうか。「いいえ、ただ会津が好きで度々参っているだけです」と答えると、「それは失礼しました。ずいぶん長い時間手を合わせていたので、もしやと思いまして」と言います。それがきっかけで一緒に茶店でお茶を飲むことにしました。

京都で知り合ったMさん夫婦にしてもそうですが、私は老人に好かれます。その理由は「お年寄りの話を聞くのが大好きなこと」。老人は話好きで、自分の話を興味を持って聞いてくれる相手をありがたがります。反対に、おざなりに聞き流す人を嫌う。私は興味を持って伺うから好かれるのです。

まるで古武士のごとき風格がある老人、Kさんは仙台在住ですが生まれは東京で、なんと祖父が彰義隊の隊士で上野のお山で戦死したというではないですか。私が大好きな彰義隊です。共に徳川家贔屓であることが分かり、話が弾みました。

「薩長が政権を取り、身分の低い下級武士が要職に就いて贈収賄が日常化しました。さらに軍部を我がものにし、日清、日露戦争で軍事政権を助長させた。太平洋戦争も薩長の子孫どもが始めたことです。安倍総理も長州です。あいつらは国を滅ぼしかねません」

私は大いに賛同しました。それから会津藩校〈日新館〉に同行しました。ここは1803年、人材の育成を目的に建設された藩の学校です。白虎隊の若者たちもここで学んだと言います。1987年に当時の建物を復元するかたちで建てられ、武士道体験ができるのが売り物です。別料金を払って予約すれば、座禅、茶道、講話などの体験ができ、弓道と乗馬の体験は予約なしでできます。私も乗馬に挑戦しましたが、馬の背に乗ると思ったよりも高見だったのが分かりました。

その後、会津藩主、松平家の庭園〈御薬園〉にも行きました。お殿様の別荘として使われ、二代藩主松平正経が薬草を栽培したことからこの名が付けられたそうです。今も4百種類の薬草が植えられ、庭と共に楽しめます。同行したKさんは幕末歴史に詳しく、大変勉強になりました。私が職業を明かすと、「だったら彰義隊か白虎隊の小説を書いてくださいよ」と頼まれました。前々から彰義隊隊士を主人公にした時代小説を書きたいと思っていて、実は談志師匠からも「あなたが書く彰義隊、いいだろうな」と言われたことがあるのです。老人の言葉が談志師匠からの催促のように思われ、身が引き締まりました。

帰り道、私は敬愛する作家、早乙女貢先生の話をしました。早乙女先生は幕末の会津藩を描いた『會津士魂』という正続合わせて21巻に至る大長編小説を完成させた時代小説家です。東京會舘で行われた完成記念パーティ会場には芸者衆がお祝いに駆けつけ踊りを舞いました。芸者衆の踊りといえば日舞とお思いでしょうが、なんと剣舞でした。奇麗どころが髪を後ろに束ねたいわゆるポニーテールにして剣道着と袴姿で、詩吟『白虎隊』に合わせて舞う剣舞は実に美しく凛々しかった。その話をしたらKさんが、「会津の芸者は昔から剣舞を習うものなんです。それを所望するお客が多いのでしょう」と教えてくれました。

パーティではもう一つサプライズがありました。司会者が、「本日は東京の多摩市からもお祝いに駆けつけてくれました。新撰組保存会の方々です」と紹介すると、山型のだんだら染めの羽織を着て袴姿の男たちが登場したのです。先頭の者は「誠」の文字の新撰組隊旗を掲げています。会場から盛大な拍手が巻き起こったのは言うまでもありません。こんな話で盛り上がった旅のつれづれでした。

神社仏閣、名城を巡るポイント

神社やお寺を参拝すると心が浄められ、いい気持ちになるものです。旅先に神社仏閣があったら、素通りせずに参りましょう。お賽銭は「ご縁がありますように」という意味で5円玉か、なかったら10円玉でけっこう。また、境内はたいてい緑が多いものですから散歩コースとしても最適です。

近年は仏像を見て歩く女性を「仏女」というとか。けっこうな趣味だと思います。そういう女性はきっと仏縁によって良い縁談に恵まれるでしょうし、仏様のご加護で悪い男にだまされたり、ストーカー被害にも遭わないはずです。歴史好きの女性を「歴女」というのは「仏女」よりも知られてます。爺も負けてられません。ちょっとでも歴史に興味のある方には、名城がある土地を選んで旅をすることをお勧めします。「城に歴史あり」ですから。

第5章

旅先で訪れた美術館と記念館

松江の美術館のあとで見た夕陽は名画のようだった

私は旅先に美術館、博物館があれば必ず訪れます。最も印象に残ったのは松江市内にある島根県立美術館でした。訪れたときに、たまたま大好きなモネの展覧会を催していたこともあるのですが、そのロケーションが素晴らしかった。宍道湖の湖畔に建っていて、ちょっと歩くと夕陽を見るのに最高の場所といわれる絶景スポットがあります。

美術館でモネを鑑賞した後、湖畔の石段に座りました。有名な宍道湖の夕陽が沈んでいく時間です。天気が悪いと見られませんが、私は普段の行いがたいして良くないにもかかわらず、こういうときに雨に降られたことがない晴れ男です。この日も天気に恵まれ、たっぷりと夕陽を鑑賞することができました。そう。まさに絵画と同様、「鑑賞」と言いたいほど見事な夕陽でした。湖に浮かぶ嫁ヶ島が黒いシルエットで、黄金色に染まる湖とのコントラストは息を飲むほどの美しさです。

石段に座ってうっとりと夕陽を眺めていると、通りがかりの女子高校生から、「写真を撮らせてもらってもいいですか」と頼まれました。地元の高校の写真部員で、コンテストに出す作品を撮っているとか。私などがモデルになっていいのかと訊くと、「帽子が素敵なので絵になります」と言われ恐縮しました。

地方都市の女子高生は見るからに純真で汚れがありません。都内の同世代の娘たちは化粧も上手く装っているのに綺麗に見えない。私の家は息子が二人で娘がいないので女子高生と話す機会がありません。ここぞとばかりにおしゃべりしました。松江の女子高生はちょっと訛りがあるしゃべり方が可愛らしく、爺はすっかりいい気分になって若返りました。撮影は短い時間でしたが、それでも可愛らしいお嬢さんとのおしゃべりは楽しいひと時でした。これもボルサリーノのソフト帽をかぶっていたおかげで、やっぱり爺もおしゃれしなければいけない、と痛感した次第です。

女子高生は、「ありがとうございました」と言って去りました。後になって、私の住所を教えておき、写真を送ってもらえばよかったと悔やみました。「夕陽を眺める爺」の写真はコンテストに出品したのでしょうか。

皆さんも松江を訪れたら、県立美術館と夕陽鑑賞ははずさないようにしてください。ちなみに、宍道湖遊覧船に乗ると、湖の中から沈んでいく夕陽が見られます。その他、市内には小泉八雲の遺品や直筆原稿などが展示されている小泉八雲記念館、松江藩の藩士の屋敷に家具調度品が展示されている武家屋敷があります。興味のある方はご観覧ください。もちろん城巡りの項で紹介した松江城を訪れることも忘れずに。

小樽を訪れると石原裕次郎になった気分に浸れる

一人で札幌に行ったとき、小樽まで足を延ばしました。目当ては石原裕次郎記念館です。若い頃、裕次郎ファンだった私としてはぜひ訪ねたいと思っていた所でした。入ってみると、どこもかしこも裕ちゃんだらけ。まず1階に設置されたワイドスクリーンでは裕次郎の栄光が紹介されます。様々な映画賞のトロフィーや盾、裕次郎が愛用したバカラのグラスやコーヒーカップなどのコレクションが見られます。「歌手・裕次郎コーナー」ではモニターに映し出されるヒットナンバーの紹介と共に、レコードジャケットが展示されている。「裕次郎映画館」では別料金で主演作品が観られます。

2階では海を愛した裕ちゃんらしく、愛艇のヨット、ハレ・コッテンサをはじめ、愛用のマリングッズに目を奪われました。隣のコーナーでは愛車のベンツ300SLまで展示されています。また、「裕次郎の部屋」では東京成城の裕次郎邸のリビングを再現してあり、そこでくつろぐ裕ちゃんの姿を彷彿させました。さらに、スチールと映像で裕次郎の「スターとしての軌跡」を観れば、裕ちゃんのことを深く知ることができます。

1階のティーラウンジでは小樽港マリーナを一望しながら食事とお茶が楽しめます。土産物売り場には数多いYUJIROブランドの服やネクタイなどの小物が売られており、私はTシャツとタオルを買いました。たいていの記念館は入場料が高いと感じるのが常ですが、この記念館はちっとも高いと思いませんでした。

帰りに小樽運河に寄ったら、面白いおじさんと遭遇しました。私が海沿いのベンチに座り、鷗の鳴き声を聴きながら運河を眺めていたときのこと。トレンチコートを着た私と同世代と思われるおじさんがすぐ側のベンチに右足を掛け、右手を「考える人」と同じようにして港を眺めているのです。まるで裕次郎映画のポスターのポーズのように。そのうち、口笛を吹き始めました。裕次郎の初期のヒット曲で、同名の映画主題歌『俺は待ってるぜ』です。「霧が流れて　むせぶよな波止場　思い出させてヨー　また泣ける」という歌詞がいいのですが、哀愁に満ちたメロディも泣かせます。おじさんの口笛は素晴らしく、ビブラートを効かせるサビの部分などは聴き惚れるくらい見事です。察するに、裕次郎記念館を見物して、すっかり裕ちゃんになった気分で、映画のシーンのようなポーズで口笛を吹いていたのでしょう。その気持ち、よく分かります。じっと見ている私に気がついたおじさんは、照れた顔で軽く会釈をして去って行きました。口笛を吹きながら。

彼はいったい何者なのでしょう。後を追いかけ、「あなたは何をしている人なのですか？」と尋ねようかと思っているうち姿を見失いました。お百姓さんか漁師さん、学校の先生だったら面白いなと、しきりに想像したものです。

小樽は裕次郎ファンが裕ちゃんになれる街です。ちなみに石原裕次郎記念館は建物の老朽化のため、２０１７年8月で閉館になるとのこと。惜しまれます。

無言なのに絵と会話が交わせた美術館

この項の最後に紹介したいのは長野県上田市古安曽にある無言館です。ここは若くして戦死した画学生の遺作が展示されている個人経営の慰霊美術館です。館主である窪島誠一郎さんが、太平洋戦争で戦死した画学生の遺族を探して作品を集め、１９９７年に開館しました。現在、７００点を収蔵しており、そのうち約１５０点を展示してます。家族や恋人、故郷の山河を題材とした作品が多い。

ここを訪れようと思ったのは、10年以上も前のこと。『報道ステーション』という番組の中で俳優の故・菅原文太さんが当館を訪れ、リポートしているのを見たのがきっかけでした。大好きな文太さんが、戦没画学生に対する思いを熱く語っていたのが印象的で、ぜひこの目で作品を見たいと出かけたのです。新幹線の上田駅で下車、別所温泉へ向かう上田鉄道に乗り換えて小さな駅に降り立ちました。そこからバスに乗り、停留所からしばらく歩くと、ポツンといった感じで無言館が建っています。

静まり返った館内で、画学生たちの遺作をゆっくり見て回りました。作品は何も語らず、さらに見る人が無言になるという意味で「無言館」と名付けたそうですが、確かに言葉を失います。

特攻服姿の仲間を描いた絵は、モデルの特攻隊員の明るい顔がやけに哀しく見え、涙を禁じえません。故郷の山や川の風景を描いた作品はとても美しく、美しい祖国を守るためと信じて命を散らした画学生たちの心情を想うとやりきれなくなりました。

ある画学生が描いた裸婦像は、彼が特攻隊に入隊する前夜に描いたものです。モデルは恋人。愛する女性と過ごす最後の夜、裸婦像を描いた彼と彼女の気持ちを想うとまた目頭が熱くなります。無言のまま、心の中で作者に語りかけました。「君はどんな想いでこの絵を描いたんだ」と。

しばらく絵に見入っていると、同じように立ちすくんでいる老婦人がいます。80は過ぎていると思われるのにスーツ姿が上品で、背筋をピンと伸ばした佇まいが凛とした老婦人です。目が合ったので会釈をすると、「私も画学生の婚約者がいて、出征前にモデルになったことがありますのよ」と言うではありませんか。この絵と同じ裸婦像のモデルなのかと尋ねるのは失礼なので、「そうですか。悲しい思い出があるのですね」と応えました。

「生きていたらその方と結婚したはずですから、私の人生も変わっていたでしょう」

「戦争は大勢の人の運命を狂わせますね」

「はい。でも、その方は今も私の心の中に居ますので時々思い出します。亡くなった主人のことはちっとも思い出さないのに」

そう言って、ちょっと哀しげに微笑みました。私も微笑み返し、次の絵に移りましたが、老婦人はそのまま裸婦像の前に立って絵に見入っています。私は彼女の後ろ姿に向かって深々と頭を下げました。

時間をかけて全作品を鑑賞し、バス停まで歩く帰り道、さらに電車に乗ってからも、瞼の裏に作品の数々が浮かびます。わざわざ遠出する価値のある無言館でした。楽しい旅もけっこうですが、たまには戦争を考えさせられる旅もいいのではないでしょうか。

美術館と記念館を訪れるポイント

演芸が嫌いな人を寄席に連れて行っても喜ばれないように、絵を見て何も感じない人と美術館に行っても退屈させるだけです。記念館にしても興味の度合いが違うと見て回る時間が違う。ですから、一人で好きな場所へ行くことにしましょう。ご夫婦で行く場合でも趣味が異なるのなら別行動すべきです。たとえば小樽だったら、妻はガラス細工が展示されているヴェネツィア美術館に、夫は石原裕次郎記念館に行けばいいのです。

第6章

たまには思い切り贅沢な旅を

上高地の帝国ホテルで大人の贅沢を楽しむ

50代から60代にかけ、8年続けて毎年夏に訪れていたのが上高地です。はっきりいって不便な土地です。新宿駅から松本まで特急で3時間。松本電鉄に乗り換え、1時間で新島々へ。さらに、バスで1時間半かけて上高地バスターミナルに着く。ちなみにバスターミナルの一つ手前が常宿の帝国ホテルになります。

乗り換え時間を含めると東京から6時間近くもかかるのに、どうして毎年行っていたかと問われれば、「別天地だから」としか言いようがありません。私が出かけるのは夏季のシーズン前の7月中旬か、シーズンが終わった9月上旬でした。シーズン中は料金が割高だからです。でも、7月も9月も東京は暑いですから避暑に変わりはありません。

上高地の魅力は空気と緑と池。そして帝国ホテルの料理と居心地の良さです。ホテル前のバス停で降りて大きく深呼吸すると、東京とはまるで違う新鮮な空気を体感できます。チェックインをすませてひと休みして外に出れば、周囲はどこも絶好の散歩コース。団体の格安バスツアー客が殺到する河童橋近辺を避け、森の散歩を楽しみます。大正池まで足を延ばしても往復1時間ほど。歩いている間、ひっきりなしに聴こえる野鳥の鳴き声は耳に心地良く心がなごみます。

帝国ホテルは1泊2食付きでツインルームが一人4万円前後（シーズン中と部屋のタイプによって異なる）です。夕食はフレンチと和食から選べる。私は和食党ですが、このホテルに限ってはフレンチを頂きます。近所で取れたイワナや地元産の野菜を使った料理の数々が素晴らしいからで、おまけに焼きたてのパンの美味しさといったら、高級米の炊き立てご飯に匹敵する。メインディッシュの信州牛のステーキ、地元産の牛乳とバターを使ったデザートを頂くとお腹いっぱいです。食事中、従業員の洗練された接客ぶりは隙がありません。さすが帝国ホテルです。

部屋に戻って虫の音を聴きながら過ごします。ベランダがありますが、夜は虫に刺されるので窓を開けられない。部屋に電気蚊取り器が置いてあるくらいですから。リゾートホテルに来たらテレビを見てはいけません。ただひたすらぼんやりしているのがよろしい。

朝は早起きして、ホテル周辺の森と梓川べりを歩きます。朝の空気は格別の清々しさです。たっぷり歩いてお腹がすいたところで昨夜と同じレストランへ。ホテルの朝食の定番であるパンと卵料理とベーコンまたはハムでもいいのですが、私は毎年パンケーキを食べてました。東京の帝国ホテルの〈ダイナー〉のも美味しいけれど、上高地のはさらに美味しい。それはディナーのデザートと同様に地元産の牛乳、バターを使っているからで、紅茶と一緒に頂けば朝はそれで十分。ちなみに紅茶の入れ方も完璧です。

朝食後、部屋に戻ると新聞を読むこともなく、ただ部屋から見える森を眺めながら野鳥の鳴き声を聴いているうちウトウトしてしまう。なんとも贅沢な時間です。目が覚めると10時を過ぎている。帝国ホテルに2泊するならそのまま部屋に荷物を置いて出かけられますが、私はいつも2日目は梓川添いにある温泉ホテルに泊まってました。ベランダから川が見えるロケーションの宿です。チェックアウトをすませて荷物だけ預かってもらい、身軽になって河童橋方面へ向かいます。

団体ツアー客から逃げるようにして明神池を目指します。はるか彼方を見れば「神がおわす」といわれる上高地の山々が臨めます。湿地帯は真夏でも空気がひんやり感じられる天然冷房です。明神池で休憩して河童橋に戻り、バスターミナルにある食堂でお昼。蕎麦かうどんで軽くすませてから帝国ホテルへ荷物を取りに戻ります。お昼を軽くしたのはホテルのロビー横にある喫茶室でお茶とケーキを頂くため。このホテルのケーキが不味いわけありません。チーズケーキかブルーベリータルトを紅茶と一緒に頂いて、ゆっくりくつろいでから荷物を受け取り、支配人の「また来年もお待ちしております」という声に送られてホテルを出るのが常でした。

2泊すると交通費込みで10万円近くかかります。贅沢ですが、国内で贅沢な旅行をすることに意味があるのだと思います。

コンサートを観に軽井沢まで出かける

軽井沢に出かけたのは森山良子のジャズコンサートを鑑賞するためでした。軽井沢プリンスホテルの近くの大賀ホールでコンサートを観て、ホテルのコテージに泊まるツアーです。この企画を「大人の休日倶楽部」のパンフレットで知り、森山良子ファンの友人を誘って申し込みました。

東京・軽井沢はわずか1時間。プリンスホテルは駅から歩いて数分でとても便利です。コテージは小さな山小屋みたいで、チェックインしてから周辺を散歩しているうちに夕食の時間が来ました。本館内の和食レストランで信州牛のスキヤキ。高級なお肉で美味しかった。大賀ホールは歩いても行ける距離ですが、夜道に迷って開演に遅れてはならないので、タクシーに乗ったらワンメーターで着きました。クラシックのコンサートを催すホールなので音響が素晴らしい。

森山良子はジャズのカバーアルバムを出してます。クインテットの伴奏で歌った『ス・ワンダフル』、『スマイル』、『アズ・タイム・ゴーズ・バイ』、『マイ・フェニー・バレンタイン』などのスタンダードナンバーはたいへんけっこうでした。『この広い野原いっぱい』や『禁じられた恋』、『さとうきび畑』などのヒット曲もギターの弾き語りで歌って拍手喝采です。私と同世代なのに彼女は若い。しかも美しい。

ちなみに、日本の流行歌手でジャズを歌っても上手いのは男性だと布施明、女性では八代亜紀です。八代はブルースがとてもいい。布施明はバラードに味があり、アップテンポは乗りが良く大好きです。今度はあのホールで布施明のジャズを聴きたいと切望しています。

交通費とホテルの宿泊費にコンサートの入場料が加わるので、東京で観るコンサートの3倍以上の費用がかかりました。しかし、リゾート地のホールで観て、ホテルのコテージに泊まるのが「大人の贅沢」と威張れるのではないでしょうか。最近はリゾートホテルが客を獲得するために様々な企画を立てています。中には有名歌手のディナーショーやクラシックやジャズコンサートもあるとか。ネットなどで情報を得て、「行く価値あり」と判断なさったらお出かけください。

贅沢な旅のポイント

贅沢な旅をすると、亡母は、「もったいない」とか「後生が良くない」と言ったものです。もしあなたがそう感じるのなら、何かの記念日に出かけたらいかがでしょうか。たとえば結婚記念日に夫婦で上高地帝国ホテルに泊まるとか、お互いの誕生日にディナーショー付きのリゾートホテルに泊まるといった習慣にすれば、年に1度、または2度、贅沢する理由が付く。忙しさにまぎれて女房孝行ができなかった爺には、アニバーサリーに夫婦で贅沢な旅をすることをお薦めします。

第7章

楽しかった場所は毎年出かける価値がある

4度も続いている琵琶湖畔の旅

8年間、毎年夏に出かけていた上高地に行かなくなった理由は、ほかに出かける場所ができたからです。そこは琵琶湖畔のおごと温泉で、私と島君がお世話になっている野末陳平先生のセカンドハウス、つまり老後を過ごすための分譲型老人ホームがあります。先生は都内のマンション住まいなので、ホームには2ヵ月に1度、1週間ほど滞在するだけですが、当地に居る間は暇を持て余すようで、遊びに来ないかとお誘いを受けました。そこで2012年、島君と二人で初めて伺ったわけです。

問題は現地での交通手段でした。観光をするにも食事に出かけるにも車がないと動きが取れない。どちらかが運転できればレンタカーを借りるのですが、情けないことに私も島君も免許がありません。すると島君が、「びわ湖バレイの支配人をしてる友だちがいるんだけど、車を持ってるから頼んでみようか」と言うではありませんか。常々彼の人脈の広さには感心していたのですが、この時ばかりは、「滋賀県にも友だちがいるのかよ」と驚きました。びわ湖バレイは冬はスキー、ほかのシーズンは山歩きなどで楽しめる総合レジャーランドです。そこの支配人のTさんが2日間付き合ってくれることになりました。

出かけたのは6月末。陳平先生が滞在するホームは京都から湖西線で20分のおごと温泉駅から車で5分足らずの湖畔にあります。我々は駅でTさんと待ち合わせ、彼の自家用車で向かいました。ホームにはゲストルームがあって、訪問者が泊まれます。部屋はビジネスホテルより広くきれいで、ベランダからは琵琶湖が一望できる。荷物を置いただけで車に戻り、4人で観光に出発しました。50代のTさんは接客業ですから如才なく人柄が温厚なので、私や陳平先生ともすぐに打ち解けました。

まず、近くの堅田にある浮御堂へ向かいます。近江八景の一つ、「堅田の落雁」として有名な浮御堂は湖中に突出しているため、東西南北異なる絶景が楽しめるとか。芭蕉、一茶、広重、北斎など、多くの俳人や絵師がこの地を訪れ作品を残してます。句碑にあった芭蕉の句は、「鎖あけて月さし入れよ浮御堂」でした。私と島君、陳平先生は駄句駄句会という句会の同人ですが、いつも受け狙いのバカ句ばかり詠っているので、「我々のとは違いますね」と感服しきり。もっとも、芭蕉と比べること自体が間違ってますが。堂を出てすぐ近くにある土産物屋では稚アユの佃煮を買いました。帰宅して食べたら実に美味でした。

次に、陳平先生のお薦めで琵琶湖東部の近江八幡市へ向かいました。堅田は琵琶湖の西部ですから電車を使うと湖を半周することになりますが、車だとびわ湖大橋を渡れば短時間で着きます。近江八幡市内を流れる日野川は江戸時代の近江商人が物流に使っていて、現在も当時のままの船着き場が残っており、よく時代劇ドラマの撮影に使われるとか。私と陳平先生が大ファンの池波正太郎原作『鬼平犯科帳』や『剣客商売』によく出てくる景色なので、橋の上から川を眺めた瞬間、「見たことがある！」と叫んだくらいです。

市内から車で5分ほど行くと渡船場があり、水郷巡りの手漕ぎ舟が出ています。このあたりも時代劇のロケによく使われるとあって乗船しました。舟の上は川風が気持ち良く、船頭さんの櫓《ろ》を漕ぐ音が耳に心地いい。周囲の景色は本当に江戸時代のようです。船頭さんが、「この前、北大路欣也さんと貫地谷しほりさんが『剣客商売』のロケで来ました」と自慢げに言いました。そのドラマは見ていたので、どこのシーンか分かりました。

動物に詳しい島君の話だと、水にもぐる小さな水鳥を「カイツブリ」というとか。そのカイツブリが列を成して泳ぐ姿をすぐ側で見られました。島君が写真を撮ってましたが、後日プリントされたのを見たら、あまりに小さいので、島だか魚だか判別できません。残念だったね、島君。

夕食は近江八幡駅近くにあるレストラン〈ティファニー〉へ。陳平先生行きつけの店で、顔馴染みの可愛らしいウエイトレスがいました。この店は肉屋さんが経営している近江牛のステーキとスキヤキ、しゃぶしゃぶの専門店です。我々はステーキ店に入り、私と島君が160グラム、陳平先生は120グラムのヒレを、若いTさんは200グラムのサーロインを頼みました。ワサビ醤油、ステーキソース、岩塩と3種類の調味料で、ご飯と一緒に食べたお肉の美味しいこと。さすがに本場の近江牛です。先生にご馳走になって値段のことをいうのもなんですが、東京の一流ステーキ店、ホテル内にある鉄板焼店のほぼ半額なのに驚きました。お腹いっぱいになり、再びびわ湖大橋を渡りおごと温泉に戻りました。こういうとき、車だとたいへんありがたい。それも人の車に乗せてもらって、申し訳ないくらい楽をさせてもらいました。ホームの大浴場は当然温泉なので、ゆっくり湯につかり疲れを癒しました。

翌朝は早起きして散歩です。建物の裏から出ると目の前が琵琶湖なので、湖を見ながら散歩できます。島君はしきりに野鳥の写真を撮ってます。朝食は近くのファミレスで簡単にすませ、今日も迎えに来てくれたTさんの車で彼の勤務先、びわ湖バレイに向かいました。ロープウェイで展望台まで上がったのですが、あいにくの曇り空で絶景を見ることができません。天気が良いと琵琶湖を一望できて、それは素晴らしい景観だそうです。レジャーの種類も多いので、琵琶湖に行った折はぜひお立ち寄りください。

お昼はTさんが行きつけの美味しい蕎麦屋でそれぞれが好きな蕎麦を食べ、さらに車で堅田駅に向かい、コメダコーヒー店でホットケーキを食べました。食いしん坊の我々は食べてばかりいます。堅田駅で私と島君は先生とTさんに見送られ湖西線の電車に乗り、初めての琵琶湖旅行は楽しくお開きとなりました。

地元の方の案内があると旅はより楽しい

味をしめた私と島君は、2013年にも行くことになりました。時期は同じ6月ですが、前年とは違うスケジュールです。島君が司会を務めたパーティで知り合ったZ夫妻が東近江在住だったことから話が弾み、「こんど遊びに来た時はうちのゲストハウスに泊まってください」と誘われたというのです。Z夫妻は滋賀県内でエステサロンを何店も経営する実業家で、邸宅には離れのゲストハウスがあるとのこと。誘われたら本当に行ってしまうのが島君の人なつっこいところで、図々しく私まで同行することになりました。それにしても島君は友だちを作る天才ですな。

今回は新幹線の米原駅で下車し、駅にはZ夫妻が出迎えてくれました。ご主人が運転する高級外車で長浜へ向かいます。市内を散策した後、昼食に名物だという鯖ソーメンをご馳走になりました。食後に向かったのは彦根城です。第4章で述べた通り、素晴らしい名城でした。次に国宝の十一面観世音菩薩がある渡岸寺観音堂、別名向源寺に行きました。仏像の特徴はなかなか文章では表現しづらいので、一度見てくださいとしか言いようがありません。とてもいいお顔の観音様です。琵琶湖の東北部には十一面観音を安置するお寺が散在してます。仏像に興味のある方は十一面観音巡りも面白いのではないでしょうか。

夕食はZ夫妻行きつけのフレンチレストラン〈三木屋〉でご馳走になりました。その昔、近江商人の自宅だった家をレストランに改造したとか（その後、移転して別の場所で営業している）。畳の座敷で頂くフレンチは趣があり、次々に出てくる料理は東京の一流フレンチに優るとも劣らない味でした。特にメインディッシュの近江牛ステーキに添えられたソースといったら、これまでに味わったことのない風味でした。自家製のパンも美味しく、お代わりしてしまったほど。私と島君は下戸ですからワインが飲めません。それもあってフレンチはめったに食べないのですが、この店のレベルが高いくらいのことは分かります。地方には隠れた名店があるものですね。

その夜はZ邸の離れ、一流ホテル並みのベッドルームとリビングがあるゲストハウスに泊めて頂きました。翌朝は奥様お手製のパンとジャム、手作り野菜のサラダの朝食をご馳走になり、再び夫妻の車で出発、八日市に近い石塔石仏が散在する石塔寺です。その数に圧倒され、良いお顔をした石仏に思わず頭が下がりました。

その後、近江八幡へ行って、陳平先生と合流。先生は昨年お世話になったTさんと車で来ました。和菓子の老舗、〈たねや〉直営のレストランで昼食をとります。たねやは近江八幡に本社があり、最近は和菓子だけでなくバームクーヘンも人気があります。都内のデパートに出店しているので、知っている方も多いと思います。レストランの真ん前の直営カフェではバームクーヘンが頂けます。そのカフェでお茶した後、私と島君、陳平先生、Tさんは乙夫妻と別れ、前年に行って楽しかった水郷巡りの舟に乗りました。今回は船頭さんの身の上話が面白く、つい聞き入ってしまったほど。景色よりも楽しめました。夕食は前年同様〈ティファニー〉で近江牛のステーキを食べて、おごと温泉の先生のホームに行ったわけです。Z夫妻にご馳走になってばかりの旅行でしたが、これも島君の人徳のお陰でしょう。

新たな友人のお陰で楽しさ倍増

3度目の琵琶湖旅行は2015年4月で花見の時期でした。初日は陳平先生、島君とで珍しく電車とバスを乗り継ぎ、真言宗の大本山石山寺に行きました。県内では有名な桜の名所です。広大な境内の至る所に桜が咲いていて、境内を一周しながら花見ができます。特に本堂の前にある古木の桜は見事な枝ぶりでした。堂内の源氏の間は紫式部が『源氏物語』を書いた所と伝えられています。鎌倉時代の建築物である多宝塔と鐘楼に見とれましたが、すぐ側の月見亭から眺める瀬田川と川に架かる唐橋が絶景でした。ここは近江八景の一つ、「瀬田の夕照」として知られています。石山寺から再びバスと電車で近江八幡駅に向かい、夕食はお馴染みの〈ティファニー〉でステーキを食べました。びわ湖バレイの支配人のTさんが岩手県八幡平のリゾートホテルに転勤になってしまい、初日は電車を利用したわけですが、やっぱり車がないと不便なのを痛感しました。

2日目は強い味方が現われました。またもや島君の人脈によるものです。島君がチュニジアに旅行した際、同じツアー客だったA君が大津在住と知り、「こんど琵琶湖に行ったとき、車で案内してよ」と頼んでおいたというのです。まったく、彼の人なつっこさとおねだり上手には脱帽です。A君は父親が経営する広告関係の会社で働く40代の独身青年で、平日にもかかわらず休みを取って自家用車で駆けつけてくれました。広々としたワンボックスカーに乗り込んだ3人は、A君に感謝しながら草津へ向かいました。その道すがら、A君が「面白い動物園があるんですけど、寄ってみますか」と尋ねます。動物好きの島君の目が輝き、「行きたい」と応えました。なんでも守山市内のショッピングモールの中に「動物と触れ合う」のを売りにしたミニ動物園があるというではありませんか。陳平先生はご存知で、「モールを作ったものの、あんまり客が入らないので客集めに動物園を入れたんだ」とのこと。さほど遠回りにならないので寄ってみました。

A君は動物園の宣伝に協力したそうで、顔見知りの園長に挨拶して我々を入れてもらいました。入ったところ、これがバカウケ。触れ合いができるくらいだからウサギや小鳥など小動物がうろちょろしてるのですが、唯一ガラス張りの檻に入ったライオンがいて、そのライオンと一緒に3人は記念写真を撮りました。猿好きの先生はアフリカ産の猿を肩に乗せて撮影、私は珍しい種類のインコと一緒に写りました。イグアナとのツーショットも勧められたけどこれは遠慮しました。

次に向かった草津のお目当ては本陣です。江戸時代、参勤交代があって宿場町が栄え、草津宿も本陣2軒、脇本陣2軒、旅籠が70軒を越え、多くの旅人で賑わってました。1949年、当時の面影を残した「田中七左衛門本陣」が国の史跡に指定され、「草津宿本陣」として一般に公開されています。時代劇ファンにとっては展示された宿帳を見てるだけでワクワクする。なにせ「新撰組ご一行」とあり、土方歳三、長倉新八らの名前が書いてあるのですから。もちろん直筆でなく番頭が書いたものでしょうが、名前が残っているのが凄い。大名が宿泊した最も格式が高い「上段の間」や湯殿、台所土間も当時のままの形で残っており目を奪われました。240円の入館料は安すぎると思ったくらいです。

続いて、すぐ近くの草津宿街道交流館に寄りました。ここには江戸時代の駕籠が展示されて乗ることができるというので、陳平先生を乗せて私と島君が駕籠《かご》を担いだ格好で記念写真を撮りました。後日、友人たちに見せたら、ライオンと一緒の写真より受けましたね。浮世絵摺りの体験コーナーで実際に浮世絵を摺ってみたのも楽しかったです。

疲れたところで昼食。本陣と交流館がある通りで飲食店を探したら、寿司屋の看板に「名物、ハモの押し鮨」とあるのが目に止まりました。ハモは東京であまり食べられないので「これがいいかも」と入りました。ところが大はずれ。「名物に美味い物無し」とよく言いますが、私は選び上手なのであまり不味い物に当たらないのに、これは見事にはずれでしたね。皆さんに申し訳ない。

気を取り直して花見に向かいます。これまた近江八景の一つ、「三井の晩鐘」で有名な三井寺です。石山寺に劣らない広大な境内を参拝順路に従って、釈迦堂、金堂、三重塔、観音堂を見て歩きました。ここも桜が満開なので良い花見になりました。

車があるとどこへ行くにも便利なので大助かりです。三井寺から大津へ向かい、夕食をとるため浜大津のイタリアンレストラン〈ラーゴ〉に入りました。A君の知り合いの店で、美味しいと評判なので予約してもらったのです。オードブルのウニとコンソメのゼリーが美味しかったので期待が高まります。冷たいパスタと温かいパスタのアンサンブルが見事です。メインディッシュの子羊のローストは東京の一流イタリアンに負けない味でした。まさか大津でこんな美味しいイタリアンのフルコースが食べられるとは思ってもみなかった。前回食べた東近江のフレンチにしてもそうですが、若いシェフが地方都市で東京に負けない料理を作っているのが嬉しいではありませんか。デザートのドルチェを頂きお腹いっぱいになって帰路に着きました。

翌日は、おごと温泉から湖西線で京都へ出て、清水寺と八坂神社の桜を見て帰ることに。ところが、公共マナーを心得ない中国人の団体ツアー客とレンタル着物を身にまとったバカップルがそこいら中ウロウロしているのに辟易しました。近年至る所で遭遇する中国人の団体ツアー客は、以来私にとって天敵となりました。

早々に京都駅へ向かい、駅に隣接する伊勢丹で例によって551蓬莱の豚まんを4個買って新幹線に乗ったら、またもや車中で2個食べてしまいました。食いしん坊は意地汚いので我慢できないのです。京都の中国人の団体を除けば、この年も楽しい琵琶湖旅行でした。

琵琶湖周遊の桜を愛でる

4度目は2016年4月、前年に続いて桜が満開の頃です。今回もA君が車で付き合ってくれるというのでありがたい限り。3時過ぎに陳平先生の所に着いて、とりとめのないおしゃべりをしているうちにA君が迎えに来ました。今夜の夕食は大津市内にあるちゃんこ料理店〈神雷〉です。店名のしこ名の元力士が先代経営者で、先生の知り合いだったとか。メニューを見たら「牛ちゃんこ」があるのにびっくりしました。東京のちゃんこ鍋は鶏肉がメインで牛肉を入れることはまずありません。A君に訊いたら、滋賀では当たり前だとか。そこで、鶏肉が入っているミックスちゃんこと牛ちゃんこを二人前ずつオーダーしました。

仲居さんが食材を鍋に入れるのを見ていたら、普通のちゃんこと同じように鶏肉、野菜をたっぷり入れて煮立てた後、上に牛肉を乗せます。すると、牛肉がしゃぶしゃぶ状態になる。つまり牛ちゃんことは、しゃぶしゃぶプラスちゃんこ鍋だったのです。ポン酢で頂けば不味いわけありません。スープのダシが美味しいので野菜と鶏肉も美味しい。締めのうどんもけっこうで、一同大満足で車に乗り込み帰路に就きました。

2日目は午前中にA君が迎えに来て、まず近所の観光センターへ。おごと温泉の足湯に浸かってから隣接するレストランでの昼食です。昨夜牛ちゃんこを食べたというのに、また近江牛の焼き肉丼を食べてしまいました。陳平先生、私、島君は揃って肉食系爺なのです。「肉を食べる爺は長生き」というのは我々の間では定説になっています。

この日はA君の運転で琵琶湖を一周しながらお花見をする計画。一周といっても湖岸を走る道路ばかりでなく、町中を走ることもあるとのこと。それにしても日本一大きい湖を周遊できるとは夢のようです。走り出すと道沿いに桜並木が多いので、車の中から花見ができます。湖岸随一の桜の名所、琵琶湖国定公園の海津大崎湖岸園地に着きました。周辺には5千本の桜があると表示されています。いったん駐車して、右に琵琶湖、左に桜、交互に眺めながら歩く。休憩所がたくさんあるので疲れたら座り、一服してからまた歩く。程のいいところで、A君が駐車場まで戻って車を走らせ、我々3人を拾ってくれました。気が利くA君は至れり尽くせりで大助かりです。

4千本の桜並木があるという塩津街道を走ります。桜が切れたと思ったらすぐまた桜並木がある。島君の説によれば、大津に戻るまで「1万本は見た」とか。確かに車の中から見た桜並木を入れたら1万本に達したかも知れません。桜はお腹いっぱい見ましたが、お腹がすいてきました。夕食は前年食べて「また行きたい」と皆の意見が一致した浜大津のイタリアンレストランです。今回はステーキ屋に行かなかったので、メインに近江牛のステーキをオーダーしました。こうして今回の琵琶湖旅行も満足して終わりました。

リピートする旅のポイント

琵琶湖は何度来ても期待を裏切らず、毎年新しい発見がある。それは陳平先生が待っていてくれるのと、現地に島君の友人がいて車で案内してくれるからこそ何度も出かけられたのです。読者諸兄にもそういう場所をぜひ見つけてほしいものです。

地方にまだ実家がある方は帰省するついでに、実家近くの観光地を回ったらいかがでしょう。車を持っている友人もいるだろうし、楽しいと思いますよ。

第8章

温泉は日本のパラダイス

熱海では花火と月見を楽しむ

温泉に入ると、体に良いだけでなく心も癒されます。爺のみならず、誰にとってもパラダイスです。この章では私がこれまで出かけた温泉地を厳選してご案内しましょう。

まずは東京に近い熱海から。熱海は新幹線で40分という近場です。宿は「大人の休日倶楽部」のパンフレットで行ってみたい宿を探し、電話予約するのが一番簡単。パソコンかスマホで温泉旅館情報サイトを検索できる方は操作するだけで予約できます。

私がいつも泊まる宿は2～3万円の老舗旅館ばかりです。特にこの季節がいいということはありませんが、夏の花火大会（7月から8月にかけて数回実施）の時期をお勧めします。打ち上げ会場までマイクロバスを出す旅館も多いので、事前に日程を確かめてから予約すればいい。夏の花火は人出が多くて暑苦しいという方は冬の花火はいかがでしょう。熱海では12月も花火大会があって、何度か出かけました。熱海だって冬は寒いから、膝掛け毛布などの防寒用具が必要ですが、夏のモヤモヤっとした夜空に上がる花火より、冬の澄み切った夜空に上がる花火のほうがより美しく見えました。夏と違って一度きりなので、これも日程を調べてお出かけください。

また、熱海には梅林があって2月中旬から3月上旬が見頃です。近くには中山晋平記念館があります。『東京音頭』、『波浮の港』などを作曲した人で、私は作詞家の西條八十の一代記を書いた際、コンビを組んでいた中山晋平のことを調べるためにここを訪れ、昭和歌謡史がよくわかって大変勉強になりました。

熱海からタクシーで網代方面に向かって15分、海沿いに良い宿がありました。〈白石〉という旅館です。残念ながら廃業してしまいましたが、元は料理屋だったので、それは美味しい料理でした。夜、部屋から海を眺めていたら、月光が海に差して白い道のように見えたのです。「雪、月、花」と言いますが、雪と花の絶景は見られても、月の絶景はなかなか見られません。この旅館の部屋から初めて見ることができました。海沿いの旅館なら同じ光景が見られるかも知れません。網代温泉には良い宿があるそうなので、探してみてはいかがでしょう。

手軽に行ける伊豆・箱根

伊東温泉には一時期、毎年夏に落語家連中と行ってました。お馴染みの春風亭勢朝、談志門下の立川左談次、立川談之助というメンバーです。海に近い旅館に泊まり、夏は海水浴にも行きました。浜辺でパラソルを立て、ビニールシートの上に寝ころがってバカっ話をするのがたまらなく楽しかった。

旅館の料理はたいしたことないけれど、近くに〈ぼんち〉という美味しい洋食屋があって、いつもそこでお昼を食べてました。ところが、老夫婦だけで切り盛りしていたため、続けるのが困難になったのか廃業してしまい、それをきっかけに伊東へ行かなくなりました。もっとも理由はそれだけでなく、常宿の旅館にエレベーターがなく、見晴らしの良い3階の部屋まで階段を上り下りするのが辛くなったせいもあります。爺はエレベーターがない旅館に泊まれません。

新宿からロマンスカーで1時間半の箱根にも良い旅館があります。温泉旅館に飽きたという方には、強羅のリゾートホテル、ハイアットリージェンシーをお勧めします。ロマンスカーの終点、箱根湯本から箱根鉄道に乗り約40分かけて行くだけの価値があります。ホテルなのに大浴場があって温泉に入れる。夕食はフレンチか寿司会席か選べるのがありがたいですね。シーズンや休日か平日かで料金は変わりますが、連休、夏休み、年末年始のシーズンをはずした平日だと2食付きで3万円代です。

帰り道に寄ってほしいのは強羅公園。四季の花々が咲き乱れ、高台にあるので眺望が素晴らしい。それと、箱根には岡田美術館など個性的な美術館がいくつもあるので、絵画の好きな方は楽しめるはずです。

信州の温泉は爺にもってこい

長野県には温泉がたくさんあります。私がよく行くのは上田からしなの鉄道に乗って15分、戸倉駅で降りる上山田温泉です。〈笹屋ホテル〉という旅館が定宿で、予約した際に頼んでおけば戸倉駅までマイクロバスが迎えに来てくれる。タクシーでも5分程です。

戸倉駅でマイクロバスに乗車すると、老人グループが乗り込んで来ました。同じ商店街の店主たち、または同窓生、同じ勤務先で退職後も付き合っている仲間、そんな感じの仲良し4人組です。旅館に到着するまでのわずか5分の間に、一人のお爺さんが話したことが実に面白かった。それはある温泉旅館の大浴場での出来事です。

お爺さんが風呂から上がり、脱衣場で自分の下着と浴衣を入れた籠を見ると空になっていたというのです。宿泊客は同じ浴衣ですし、下着が似ていたのか、誰かが間違えて着て行ったらしいのです。フロントに電話をして係員に来てもらい説明している時、一人の老人が浴衣と下着を持って来て、「間違えて着て行った」と言いました。「そういうことでしたか」と納得して下着と浴衣を受け取ったそうです。

「それが律儀な人で、売店で買ったのか、新しいパンツをくれるんだ。あなたのパンツをはいてしまったので、これを受けとってくれってね。恐縮しちゃったよ。皆もパンツを間違えられないように、今日の大浴場ではロッカーに入れて鍵をかけといたほうがいいよ」

老人がそう言うと、仲間のお爺さん一同が笑い、ちょうどバスが旅館に到着しました。

〈笹屋ホテル〉には「豊年虫」と呼ばれる平屋の離れがあり、どの部屋からも庭が見えて風情があります。鉄筋建ての本館よりも5割増しの料金ですが、一度泊まってみる価値ありです。本館の部屋なら一人2万円前後で泊まれて、二つの大浴場(どちらも露天風呂があり、時間によって入れ替わる)に入れるのでコストパフォーマンス的にはお得な宿です。

食事は和食か中華料理を選べます。中華は四川料理で実に美味しい。私は特別な食事メニューの豊年虫に泊まる時以外はいつも中華を選びます。温泉旅館で中華なんていいじゃないですか。特に男数人のグループで行く場合はお勧めです。4人で泊まれば部屋代が格段と安くなりますし。また季節ごとにロビーでミニコンサートを開いたり、オプショナルツアーを企画するなど、おまけを付けているのもお得感があって嬉しいですね。

上田経由ですから、帰りに上田城へ行ってみてください。2016年にはNHKの大河ドラマ『真田丸』の舞台となったので街全体に活気が蘇りました。上田城は花見の名所ですが、新緑と紅葉の時期もいい。上田城から歩いて行ける真田記念館は『真田太平記』を書いた池波正太郎の記念館で、真田関係だけでなく『鬼平犯科帳』など池波作品に関する展示物も数多く、池波ファンにはたまりません。上田は東京から新幹線で1時間半なので実に便利です。

上田出身の立川談慶さんが真打に昇進した2005年、地元で真打披露公演を催しました。談志師匠も出演し、私も披露口上の末席に連なり祝辞を述べました。その夜、談慶さんが猿が京温泉に招待してくれ、談志師匠を始めとする出演者一同と温泉旅館に泊まることになったのです。師匠と温泉に浸かり、洗い場で背中を流したのがいい思い出です。目上の方と大浴場に行ったら、目下の者は背中を流すくらいのサービスをしたほうがいい。

翌朝、出発前に一行がロビーに集合してバスを待っている間、師匠は女将から従業員と一緒に写真を撮ってくれと頼まれました。朝が弱い師匠は眠たそうです。面倒くさかったろうに快く承諾し、いつものチャーミングな笑顔で撮影に応じてました。こういう気さくなところがある師匠でした。

復興に寄与するため福島の熱海に行こう

熱海と付く温泉が福島県にもあるのをご存知ですか。磐梯熱海温泉です。東京から新幹線で郡山まで1時間半、磐越西線に乗り換えて15分で着きます。私が好きな会津若松に行った帰り、磐梯熱海で降りて泊まりました。豊かな緑に囲まれた山里で、会津磐梯山が眺められ、静岡県の熱海とはまた違った風情がある。また、猪苗代湖まで足を伸ばせば湖の絶景が楽しめます。

湯質は肌がツルツルになることから「美人の湯」といわれ、女性に人気があるそうなので、奥様か娘さんを同伴すると喜ばれるでしょう。2万円ちょっとの宿でしたが、露天風呂が充実していて料理もまずまずでした。その宿の食事処で隣り合わせに座り、言葉を交わしたのは、東日本大震災で被災した親子連れでした。70代の母親と40代の娘さんは県内でも放射能被害がひどかった地域の住民で、いまだに帰宅できず会津若松市内の親類の家に住まわせてもらっているとのことです。

「私の姉が嫁いだ家が広いのでやっかいになってますが、親切にしてもらっているので恵まれているほうです。知人の中には今も仮設住宅に居る方、心労が原因で入院したり亡くなってしまった方もいますから。政府のお偉方はしきりに復興が進んでると言いますが、福島はまだ復興してませんよ」

母親の言葉に娘が大きくうなずきました。

「私の息子は中学生ですが、同級生はばらばらになって、東京に住んでいる子もいます。時々連絡を取り合ってるみたいで、友だちが東京の学校でいじめにあったという話も聞きました。放射能被害をちゃかされたり、被災者給付金をもらっていることをとやかく言われることもあるそうで。ひどい話ですよね」

そういえば、横浜の小学校で福島県から避難して来た子供がいじめにあい、死のうと思ったと書いた手紙が発表されニュースになりました。いじめる子供たちだけが悪いのでなく、親たちの責任もあるはずです。家の中で放射能の被害者を揶揄するようなことを親が話しているのを子供が聞いて、学校で被災者の子をいじめるのです。

「私たちが母娘で温泉に来ているのも、お上からもらった給付金を使ってるんだろうと言われかねません。娘と息子たちがお金を出し合って親孝行してくれてるのに」

母親がため息をつきました。私の脳裏に、「福島はまだ復興してませんよ」という言葉が残りました。私たちにできることといえば、福島県に出かけるか、福島産の食品を買うことくらいのものでしょう。これからもせいぜい福島を訪れようと思わせた温泉旅行でした。

温泉旅行のポイント

一人で行くか二人で行くか、家族と行くか友人と行くかによって、行く先（交通費も考慮）と旅館（料金や料理内容）を選ぶことです。爺一人なら贅沢してもいいし、友人グループでしたら安い宿でもワイワイ騒げば楽しいですからね。女性連れなら露天風呂が付いている部屋を選ぶと喜ばれるはずです。

1に湯、2に料理、3にサービス、温泉旅行の決め手はこの3つです。

第9章

番外はアメリカ旅行

息子と出かけたアメリカ旅行の目的はメジャーリーグ観戦

私が海外旅行をしないのは、成田空港への往復を含めた長い移動時間が面倒なのと、まだ国内で行きたい所がたくさんあるのに海外へ行くことはないという考えからでした。我ながら狭量で、海外旅行マニアの島君にはとんだ戯言に聞えるでしょう。

そんな私ですが、アメリカだけは3度も行ってます。大好きなメジャーリーグの野球とNBA（プロバスケットリーグ）の試合を観るためです。最近では2013年に長男と出かけました。

9月中旬に出発し、まずテキサス州のダラスへ行ってダルビッシュが居るテキサス・レンジャーズの試合を観る。次にボストンへ向かい、上原と田澤がいるボストン・レッドソックスの試合を観戦。最後にニューヨークでヤンキースのイチロー（現在はマイアミ・マーリーンズ）を応援するというコースです。3月に入ると、長男はインターネットで航空券と各球場のチケットを取り、3つの都市のホテルを予約しました。

最初に着いたダラスはケネディ暗殺の場所として有名な都市です。暗殺現場に行くと、犯人のオズワルドが狙撃のため陣取ったビルが〈JFK記念館〉になっていました。写真や映像で暗殺された日の様子、当時の時代背景、政治状況などが分かり、ドキュメンタリーを見たような感じがします。さて、アメリカで最初の食事はやっぱりステーキにしました。近江牛には劣りますが、ボリュームでは負けてません。お肉と付け合わせのポテトだけでお腹いっぱいになり、パンを残したくらいです。

翌日、レンジャーズのホーム、グローブライフ・パークのデーゲームにダルビッシュは先発しなかったけれど、久しぶりにアメリカのボールパークで観戦しベースボールを楽しみました。ベースボールと日本の野球がどこが違うかというと、一つ一つのプレーのレベルの高さもさりながら、観客の様子が違います。日本の応援団みたいに楽器を使ったり応援歌を歌う画一的なものでなく、それぞれが声を上げたり口笛を吹いたりブーイングを唱えたりする。個人主義を尊重するアメリカ人らしい応援です。

試合はレンジャースがライバル球団のアスレチックスに勝ったので大いに盛り上がりました。昼食は売店でテキサスドッグと称する名物料理を食べましたが、太いソーセージとタマネギを炒めた具を挟んだパンがバカでかくて、とても一人では食べ切れず、長男と分けて食べました。アメリカはなんでもビッグサイズなので注文する際は気をつけなければなりません。

ボストンはアカデミックな街

ダラスからボストンは約5時間のフライトです。沖縄から北海道へ移動するより時間がかかり、しかも時差があるのですからアメリカは広い。ダラスは真夏の気候だったのに、ボストンは晩秋でした。

私はこの街にあこがれていました。というのも、ロバート・B・パーカーの著作で日本でも人気がある『探偵スペンサーシリーズ』の舞台なのです。30冊を越えるシリーズ作品を何度も愛読するうち、ボストンの地理や名所に詳しくなり、市内の地図が頭の中に入ってしまったほど。ボストンに着くと、パブリックガーデンに近いホテルにチェックインし早速外出しました。

まずはハーバード大学に向かいます。スペンサーの恋人、精神科医のスーザンがこの大学出身という設定なので、小説によく出てくる場所です。地下鉄に乗って大学前の駅で降りると、そこはケンブリッジの中心、ハーバード・スクエア。街全体がアカデミックな雰囲気に満ち溢れています。キャンパスを散歩してから日本の生協に当たる〈ザ・クープ〉でハーバードグッズを買いました。絵葉書、Tシャツ、ボールペンなど安い物ばかりです。学生たちで混んでいるダイナーでハンバーガーの食事をすませホテルに戻りました。

翌朝は早起きしてパブリックガーデンを散歩。ここもスペンサーシリーズではお馴染みの場所で、大きな池に白鳥の形をしたスワンボートが浮かんでいるのを見て、「これも小説に出てきた」と嬉しくなりました。ホテルに戻り、長男と朝食をすませた後は別行動です。ボストン港へ行くという長男と地下鉄の駅で別れ、私はボストン美術館へ向かいました。時間をかけて大好きなモネを始めとする名画と彫刻、日本の浮世絵を鑑賞。美術館内のレストランで昼食を取り、その後もゆっくり館内を回りました。

次に向かったのはボストンで最も高いビル、プレデンシャルセンターです。50階の展望台からボストンの町並みが眺望できます。港の景色が素敵でした。その後、古いれんが造りの建物が並ぶビーコン・ヒルや州議事堂、ボストン・コモンという公園などを散策するうち日が暮れてきます。ホテルに戻って長男と合流し、夜はレッドソックスのホーム、フェンウエイパークで行われるナイター観戦です。

このボールパークは百年の歴史を誇る建物で、グリーンモンスターと呼ばれるレフト側のバカ高いグリーンのフェンスなど独特の設計で知られてます。レッドソックスファンの私が一番行きたかった球場なので、球場が見えてきたとたんワクワクしました。一塁側の内野席に座って周囲を見渡すと実に家族連れが多い。それも父親と男の子の組み合わせだけでなく、両親と子供たち(当然女の子も)の家族連れもいれば、祖父と孫と思われる二人は共にBの文字が入った帽子をかぶってます。このようにして祖父から孫へレッドソックスを愛する伝統が受け継がれるのでしょう。年寄り夫婦がお揃いのスタジアムジャケットを着て、大きな膝掛けを一緒に使っているのもほほえましかった。9月のボストンの夜は冷えるのです。試合は接戦になり、それまで連続セーブを続けていた上原が久しぶりに負け投手になる意外な結末となりましたが、上原を見られたのとフェンウエイパークの雰囲気を味わえただけでも幸せでした。

ニューヨークでは野球とミュージカルと美術館

ボストンからニューヨークへは飛行機でなく電車で行きたくて、特急で3時間半かけて移動しました。ブロードウェイに近いホテルにチェックインした後はここでも長男とは別行動です。まずMOMA(近代美術館)で絵画を鑑賞し、そろそろ日本食が恋しくなったので〈NIPPON〉という蕎麦屋に入りました。久しぶりに食べた蕎麦の美味しかったこと。夜はブロードウェイでミュージカル『シンデレラ』を観ました。若い主演女優の歌とダンスの上手さに舌を巻き、シンデレラの姉役で日系人の女優が出ていたことに驚きました。実力さえあれば人種と関係なく活躍できるのがアメリカなのですね。

さすがに疲れて、その夜は爆睡したら、翌朝早く目が覚めました。朝の散歩はもちろんセントラルパーク。地下鉄に乗るとすぐ側の駅に着きます。ニューヨークを代表するこの公園は、日比谷公園と新宿御苑を併せたくらいの広大な敷地です。歩き疲れるとベンチに座り、ジョギングやサイクリングをする人たち、観光客用の馬車が通り過ぎるのを見てました。回転木馬の側の売店でバナナとドーナツ、紅茶を買い、アメリカ人っぽい朝食をとっていると、ニューヨークにいるんだと実感します。

昼間は長男と一緒にニューヨーク・メッツのホーム、シティフィールドで、サンフランシスコ・ジャイアンツとの試合を初めて外野席で観戦しました。この年はメッツが低迷していたので、優勝争いをしていたテキサスやボストンと違って観客がもう一つ盛り上がりません。アメリカでも日本同様、弱いチームの球場は雰囲気が良くないと思い知りました。

野球の後は今夜もミュージカルです。ブロードウェイで食事をしてから、映画にもなった『シカゴ』を観に行きました。『シンデレラ』とはまた違ったモダンダンスの素晴らしさを堪能しました。我が国でも日本人俳優によるミュージカル公演をやってますが、やはり本場のを観るとレベルの差を痛感します。

翌朝、この日も昼間は長男と別行動で、メトロポリタン美術館へ行きました。世界的に有名な美術館だけあって、日本語で書かれた館内ガイドがあるので助かりました。ここでもモネの作品を見るのにもっとも長い時間をかけ、館内のレストランで昼食を取り、時計を見たら3時近く。7時からナイター観戦なので、あわてて地下鉄に乗り、お上りさんが行く定番スポット、エンパイアステートビルへ向かいます。ここは私が大好きな名画『めぐり逢い』の舞台なので一度行きたかった。ところが映画が公開されたのは1957年なので、当時とは様変わりしていて、展望台が映画のイメージとまるで違います。観光客（中国人と韓国人がやかましい）が列を成して金網越しに外の景色を見ている様子にがっかりしました。映画にあるロマンチックな雰囲気はまるで感じられません。

疲れ切ってホテルに戻りひと休みしていると、ブルックリンへ出かけた長男が戻ってきました。ブルックリンは高級アパートが立ち並ぶマンハッタンとは趣が違う面白い街だそうです。夜はヤンキーススタジアムでナイター観戦。地下鉄で20分、球場は駅の側にありました。イチローがよく見えるようにとライトに近い内野席を取ったのが大正解で、守備位置に付いたイチローがすぐ近くに見えます。椅子は日本の球場みたいに狭く固くなくて、ゆったり座れてしかもフカフカ。食べ物と飲み物は係員に頼むと買ってきてくれます。もちろん料金の他にチップを払うのですが。私たちはチーズと牛肉を炒めた具をパンに挟んだ「チーズステーキサンド」を頼み、コーラと一緒に食べました。試合は主砲アレックス・ロドリゲスが満塁ホームランを打ち、そのシーズン限りで引退する名ストッパー、マリアーノ・リベラが登場したときのスタンディング・オベーションを体感して大満足でした。

海外旅行のポイント

子供と共通の趣味を持つことが親子が仲良くできる秘訣です。ご子息がいる読者諸兄には、彼らが独身のうちに親子での海外旅行をお勧めします。結婚して家庭を持ったら絶対行けませんから。

夫婦旅行も同じで、共通の趣味がないと一緒に行ってもつまらない。その点、島くんは手本になるので、参考にしてください。

あとがきに代えて

まだまだ行きたい所がある

私も来年には70歳になります。年を重ねるに連れ出不精になって、旅に出る回数が減ってきました。それでも毎月、「大人の休日倶楽部」から送られてくるパンフレットを見ていると、「行きたい！」と思う魅力的なツアーがいくつもあるのです。たとえば東北の３大祭を観て回るツアーです。青森のねぶた、秋田の竿灯、山形の花笠を元気なうちに見物したい。京都の祇園祭、葵祭、時代祭も行きたい祭です。それに、京都では毎度ホテル泊まりなので、一度は俵屋、柊屋、炭屋の名旅館御三家のいずれかに泊まってみたいですね。

今一番行きたいのは私が尊敬する脚本家、倉本聰が書くドラマの舞台となった北海道の富良野市です。『北の国から』に出てきたラベンダー畑や、緒形拳さんの遺作となった『風のガーデン』に出てきたイギリス風庭園を見たい。それと、北海道の洞爺ウインザーホテルはリゾートホテルとして評価が高いので泊まりたいホテルのナンバーワンです。

温泉旅館に至っては全国各地に名だたる旅館があります。特に大分の湯布院は、「入らずに死ねるか」とさえ思っているほど。また、熊本県は被災地なので、復興に寄与するためにも阿蘇の温泉地で散財したいとも計画しています。

東北には宮城県の秋保温泉、鳴子温泉、山形県の蔵王温泉、秋田県の田沢湖を臨む水沢温泉などなど、場所を上げていたら切りがないくらいです。

死ぬまでにもう一度行きたいのは、やはり上高地と八尾。上高地帝国ホテルの宿泊と周辺の散策、越中おわら風の盆の見物はぜひリピートしたいものです。

よく中年の女性が旅行から帰って来て茶の間に入り、お茶を飲みながら「やっぱりうちが一番ね」と言うでしょう。それは旅という非日常から日常に戻った安堵感が言わせるので、「だったら旅行なんかに行くな」ととがめてはいけません。旅が好きな私だって非日常は1週間が限度です。アメリカ旅行の時、1週間家を空けて帰宅した瞬間ほっとした覚えがあります。皆さんもたまにはつかの間の非日常を楽しみませんか。

いくらお金を貯め込んでも、あの世まで持って行けるわけじゃなし、生きているうちに使いましょうよ。法外な額を浪費するわけでなし、月に一度、2～3万円の旅行をするくらいは贅沢といえません。

50歳を過ぎて「大人の休日倶楽部」にまだ入会していない諸兄は今すぐ入会することをお薦めします。65歳に達した方は「ジパング倶楽部」に入会し直すこと。そして、届いたパンフレットで行きたい所を探すのです。

ただぼんやりと待っていたって、誰も誘ってくれません。自分で見つけ、家族友人を誘うなり一人で行くなり、とにかくアクションを起こすことです。
皆様方が楽しい旅ができますよう祈念して、拙文の締めとさせていただきます。

吉川　潮

２０１７年初夏

海外編

島 敏光

まえがき

パスポートはお持ちですか?

外務省の発行したパスポートといくばくかのお金さえあれば、ごく一部の地域を除いて世界中どこへでも行くことが可能です。

たくさんの国の人々が、70年以上も戦争に無縁で、ひかえ目で礼儀正しい日本人を歓迎してくれます。カモがネギを背負ってきたと大喜びする輩もいますし、ジャパニーズ、チャイニーズ、コリアンの区別をつけられない人も山ほどいますが、それでも海外旅行をする度に、日本人に生まれてラッキーだったなと、思うことがごまんとあります。

さあ、世界に飛び出しましょう!

一人で、家族と一緒に、友人を誘って。どんな形でもOK。パック旅行で十分。手続きが面倒くさいなんてとんでもない。

パック旅行なら1回の電話で作業の90%は終了したのと同じです。申し込みの手続きはいとも簡単なのですが、まずはどんなパック旅行に参加するかが先決問題です。

新聞を手に取れば、片隅に国内外の旅行の広告が載っています。街を歩けば、そこかしこに旅行代理店があり、山ほどのチラシを手に入れることができます。ほんの2〜3日の駆け足旅行から、長期のバカンス、格安からワンランク上の旅行まで、ありとあらゆるタイプが揃っています。気に入ったツアーがあれば家族を誘い、仲間を募り、時には一人で参加してみましょう。パソコンを使える人なら、話は早いですが、メカ音痴の私の場合、まずは新聞やチラシを手がかりにして旅行代理店に電話をかけます。オペレーターが出たら、氏名、年齢、生年月日、パスポート・ナンバー、参加したいツアーのコース番号、タイトル(「気ままに台湾4日間」とか「北欧3カ国とオーロラの旅8日間」とか)、出発日、同行者の氏名を伝えます。数日後には日程表、申込書、払い込み請求書等が送られてきますので、それを処理すればすべての作業が終了です。

とりあえず荷物を詰めましょう。旅の本を手に取ると、持って行かなければならないものが羅列されています。それらをすべて用意するに越したことはありませんが、いざとなったらパスポートといくばくかのお金、カラのトランク一つだけでかまいません。私の場合は旅行ガイド、カメラ、フィルム、バッテリーと着替えが必需品ですが、人によってはクレジットカード、おやつ等が加わるでしょう。それ以外のものは、だいたいが現地で調達できます。

コンビニのない国は少ないし、雑貨屋の1軒や2軒はどこでも見つけられます。旅先での着替えは、その国のものを買った方が思い出にもなるし、写真に写った姿も、あとから格好の話の種になります。ただし、日本に戻ったらとても着て歩けないものも多いです。スナック菓子だって、地元のものを選べば、あっと驚く味に出合ったり、お腹をこわしたり。それはそれでいい経験になります。荷物の整理がついたら、あとは指定された空港のカウンターに、時間までに行けばいいだけ。

仕事のできるエグゼクティブの顔を捨て、ぼんやりした爺さんを装いましょう。片意地を張る必要はありません。旅行会社のスタッフが何から何まで懇切丁寧に教えてくれます。あとはそれに従えば、オートメーションで機上の人となります。機内では出国カードが配られますが、ガイドブックを参照してそれに必要事項を書き込みましょう。これといったわずらわしさもなく、目的地に到着します。だいたいの国は、中学生程度の英語力があればどうにかなります。最近ではイミグレーション（出入国管理）で質問攻めに遭うこともなくなりました。何か言われたらとにかく「サイト・シーイング」または「斉藤試飲！」と大きな声で叫んでいればなんとかなります。

この旅が楽しいものになるか、退屈なものになるか、現地の天候、交通事情、ガイドのクオリティーなど、運も影響しますが、最終的にはあなたの心がけ一つ……。

私は前作の『爺の暇つぶし』（ワニ・プラス）のあとがきに、

チャールズ・チャップリンは『ライムライト』という名画の中で、病気で踊れなくなった美しいバレリーナに「人生は素晴らしい。恐れることはない。人生に必要なものは勇気と想像力……そして、少しばかりのお金」と励まします。

と書きました。そして、私は今、自信を持って「まえがき」にこう記します。

海外旅行は素晴らしい。恐れることはない。

旅行に必要なものはパスポートと好奇心……そして、少しばかりのお金。

この本が、これから旅行でもしてみようかと思った人に、ほんの少しでもお役に立てばこんなに嬉しいことはありません。

第1章

中国「九寨溝・黄龍」の幻の青いケシを求めて

始めの一歩

旅は目的がある方が楽しい。

人生と同じで、目的が明確であれば張り合いが生まれ、行動にメリハリがつきます。私の場合、基本的な旅の目的は三つ。

①タバコを買う。

②写真を撮る。

③地元の美味しいものを食べる。

まず①については少々説明が必要かもしれませんね。

私は病的なコレクターで、様々な物を集めています。タバコのパッケージ、チョコレートの包み紙、映画のプログラム、ホテルの石鹸、オールディーズ・グッズ、切手、コイン、貝殻等々……。

趣味が高じ、映画のプログラムは1万冊に迫り、『映画で甦るオールディーズ&プログラム・コレクション』(音楽出版社)という本を出版してしまったほどです。

それ以上に力を入れているのがタバコのパッケージ。何箱ぐらい持っているのかは自分でもよく分からないのですが、我が家にはタバコの詰まった大型のケースや茶箱がゴロゴロしていて、私の生活空間をおびやかしています。

それでもまだまだ集めたいのです。初めて行く国では、果たしてどんなタバコを手に入れることができるのか、考えるだけでわくわくします。我が家に持ち帰った後、どこにしまったらいいかと考えると、ゾッとします。ちなみに私はタバコを吸いません。商品には手を出さない主義というのでしょうか。違いますね。

たくさんの人からそんなにタバコを集めてどうするんだ、と尋ねられます。それにはハッキリと答えられます。どうもしないのです。ただ集めるのです。それがコレクターの性だからです。こうして「タバコを買う」は、私の旅の大きな目的の一つとなっているのです。

②の被写体は動植物、市場、風景等々、オーソドックスなものが中心です。自分が写るのも大好きです。常にカメラを抱え、見たことのない珍しいもの、綺麗なもの、笑えるものを探しています。

③は説明不要ですね。

このようにあらかじめ大ざっぱな旅の目的を決め、渡航先が決まった後に、さらにその場所、その季節ならではの目的を設定します。ディテールにこだわることによって逆に全体像もクリアになってきます。自分なりの、時には崇高な、時にはバカバカしい、時にはわがままな目標を掲げ、まだ見ぬ未知の領域に夢を馳せるのです。渡航先と日程と同行メンバーが決まると、大きな期待と一抹の不安で、心と体がゾワゾワしてきます。

こうして私は始めの一歩を踏み出すのです。

旅は心の老化防止

これを読んでいる人の中には、どこに行ったらいいのかなかなか決まらない、という方がいらっしゃるかもしれません。

そんな場合はジャンルを選ばず、死ぬまでに一度は見てみたい物、子供の頃に行ってみたいと思った地を思い描いてみてください。

ナイアガラの滝、ピラミッド、万里の長城……幼い日の憧れの場所があなたを待っています。とりあえず本屋の旅行コーナーに足を運び、関連する本を立ち読みでもしてみてはいかがでしょう。心に響くものがあれば購入して、家でじっくりと目を通しましょう。エジプトの旅行ガイドを読めば、ピラミッドだけでも何十種類もあることに気がつきます。エジプトにはピラミッド以外にもスフィンクス、ツタンカーメンの黄金の像、シナイ山、砂漠の民ベトウィン、ベリーダンス等々、興味深いものがたくさんあります。

本にはどこかに必ず「旅の準備と手続き」というようなコーナーがあり、旅を進めるにはいつまでに何をしたらいいのかが、分かりやすく書いてあります。それが面倒だと感じた人は、旅行代理店に飛び込んで「ピラミッドとベリーダンスが見たい！」と叫べば、その道のプロが何から何までお膳立てしてくれます。

違う言語の国に行けば耳からだけでなく、目、鼻、舌、肌から受け取るあらゆる感覚が新鮮で、驚きに満ちています。内外を問わず、旅行することによって、眠っていた感覚が覚醒し、ぼんやりした老人もいつしかシャキッとしてきます。

旅は心の老化防止に大いに役に立つのです。

それが楽しいものならなおさらです。

私の家には「クラブツーリズム」、「H.I.S.」等のパンフレットが毎月のように送られてきます。それを手に取れば当然、真剣なニラメッコが始まります。

まずは休みの取れそうな日程と予算を設定し、パラパラとページをめくります。そこで目に止まったのが九寨溝《キュウサイコウ》をメインにした「クラブツーリズム」のツアーです。

絶景の九寨溝・黄龍《コウリュウ》とフラワーウォッチングを楽しむ6日間。

2010年7月6日(火)～7月11日(日)。

私はかねがね、九寨溝には一度行ってみたいと思っていたのです。九寨溝とは中国の四川省にある村の名前で、写真で見る限りこの地の湖や池はとてもこの世のものとは思えないような碧さと透明度を誇っています。パンフレットに写っていた黄龍の石灰棚も極上で、フラワーウォッチングでは「幻の青いケシ」と呼ばれる世にも珍しい花に出会えるかも知れないとのことでした。ツアー料金も一人十数万円。食事もホテルも込みで一日2万円の計算。国内旅行よりも安いでしょう。

ただし、お金のことだけでいえば、注意点もあります。

海外旅行の場合、大抵はツアー代金の他に成田と現地空港の使用税、航空発券システム利用券などが加算されます。平均すると合計で一人5千円程度でしょうか。それからもう一つ、海外旅行保険がありますが、言うまでもなくこちらは任意です。

ここがなんとも悩みどころで、加入すべきか否か、それが問題です。

私に言わせれば保険は博打です。保険会社という胴元にお金を賭ける。最終的には胴元が儲かるように計算されています。

私の場合、いわゆる海外旅行傷害保険に加入したことは一度もありません。

40年以上、毎年のように外国へ行っていますが、救急病棟に搬送されたことも、暴漢に襲われたことも、お金を盗まれたこともなく、「あの時、保険に入っておけばよかったなあ」と後悔したこともありません。せいぜい落とし物が見つからなかったことがある程度。運が良かったとも、それだけ用心していたともいえるでしょう。「安心を買う」という言葉がありますが、保険に入ったくらいで安心してはいけません。ただし、どのガイドブックにも「どんなに注意していても万一ということはある」「海外は補償額が低い」「特に子供連れの場合は加入しておきましょう」と書いてあります。これもまた一理あります。

私は単にしみったれで、勝ち目のない博打はしないというだけのことで、どちらを選ぶかはあなた次第です。

高山植物マニアの私は居ても立ってもいられなくなり、九寨溝ツアーへの参加を決めました。あとは電話1本。海外旅行といえど、パック旅行なら、国内旅行同様、手軽に手配できるのです。

タバコ購入、写真撮影、食事という三つの目的の他に、

①九寨溝を見て、②黄龍を見て、③幻の青いケシに会う。

新たな三つの目的が加わりました。

青の世界へ、いざ、出発！

成田空港を15時15分に出発。約4時間で北京に到着。3時間ほどの待ち時間の後、中国の国内線に乗り継ぎ、成都へ向かいます。

私と妻を乗せた飛行機は真夜中の24時に成都に到着。ツアー客24人を乗せ、バスでホテ

ルに向かいます。ようやくチェックインできたのは現地時間の1時。モーニング・コールは朝の4時30分って、おい、寝かさないつもりですか！

安いツアーには安いなりの理由があり、ウトウトしたかなと思った瞬間に叩き起こされ、まだまっ暗な中をよろよろとロビーに集合。パン、ゆで玉子、リンゴ（丸ごと）、水という味気ないお弁当を渡され、とりあえずその辺にペタンと座って食べ始めました。

6時頃に成都空港に到着、九寨黄龍空港行きの飛行機を待ちます。

早朝にもかかわらずかなりの混雑振りで、九寨溝の人気の高さをうかがうことができます。中華航空としては珍しく定刻通りに離陸し、一気に雲の上まで上昇。約40分後、まだ雲が遥か下の方に広がっているにもかかわらず、空港が見えてきました。標高３５００メートルの九寨黄龍空港は、雲の上にあったのです。

タラップを降りて歩き始めると、頭がフラッとします。体もゆらゆらして、まっすぐに歩けません。この時、すでに高山病の兆候もあったのでしょうか、体調にはまったく問題は感じませんでしたが、文字通り雲の上を歩いているような感覚がしばらく続いていました。トイレをすませてからロビーに集合。現地ガイドの曹さん（女性）から、「トイレは大丈夫ですか？」と尋ねられ、まだ少し行きたいような気もしたのですが、今行ったばかりだからまあいいいや、と思ったのが悲劇の始まりでした。

バスが走り始めた途端、周りの風景が一変しました。まるで見渡す限りの花畑。それも富士山よりも高い場所なので、すべてが見たことのないような高山植物ばかり。バスの中から眺めているだけなので断言できませんが、シオガマ、アズマギク、リンドウ、キンポウゲの一種と思われる花々がこれでもかと群生しています。チベットの民族衣装に身を包んだ女性が道を歩き、小柄な老人が野良仕事に精を出しています。白く長い体毛を持ったヤクが草を食んでいます。

ああ、ここに来られて、本当に良かった！

眠いし、トイレにも行きたいけど、こんな夢のような光景を楽しめるなら、文句はない。文句はないが、トイレに行きたい。ものすごく行きたい……。

しだいに私の尿意はマックスに達し、一切の景色が目に入らなくなってきました。普通に座っていることができず、バスのカーテンを握り締め、体をよじり、冷汗を流しはじめました。人生でこれほど苦しいと思ったことはないほどでした。あの時、空港で念のためにもう一度トイレに行っておけば……私は自分を呪いました。

まるで膀胱が破裂するのではと思われた時、バスはチベット村に到着しました。

私はトイレ（というか単なる穴）に駆け込み、用を足しましたが、この時のオシッコの量は驚くべきものでした。いつまでもいつまでも出続けるのです。1分、2分、3分以上、いや5分くらいは出続けたような気がします。いつもは1分足らずで終わるのに、一体自分の体に何が起こったのかまったく見当がつきませんでした。あの苦しみと恍惚はいまだに忘れることができません。

翌朝、私は日焼け防止のために、顔に何かを塗っておこうと、チューブに入った日焼け止めクリームの蓋を開けました。その途端、中からすさまじい勢いでクリームがビューッと飛び出してきました。急に気圧の低いところに運ばれたため、中身が外に向かって噴出したのです。私は思わず納得しました。あの時、私の体がチューブで、オシッコがクリームだったんだ！　急激な気圧の変化に体が対応できずに、体の水分が外に飛び出そうと、必死になっていたのでしょう。こうして私は一つ賢くなりました。

急に標高の高い所に行ったら、オシッコは必ず2度しましょう。

さまざまなキノコやヤクの肉を使った昼食の後、一行は九寨溝に向かいました。この村には100を超える池と湖の他、滝や湿地が点在し、そのすべてが独特の景観をそなえているといわれています。

その中で特筆すべきは諾日朗《ノリラン》瀑布……この滝の高低差は25メートルほどなのですが、幅が300メートルを越え、水は幾重の筋となって流れ落ち、あたりには霧のしぶきが舞い、まるで巨大なレースのカーテンのように見え、写真映えのする滝なのです。ところが滝の背景に写真を撮ろうとしても、私がポーズを取っている目の前やすぐ横に、中国人の団体が次々と図々しく割り込んできて、なかなかうまくいきません。それでもなんとか数枚の写真を撮り、次の目的地を目指します。

最初に辿り着いたのは老《ロウ》虎《コ》海《カイ》という名前の湖。このあたりの湖の大半は海という字が付いています。ガイドブックで見た通り、どの湖も驚くべき色と透明度を競っていて、湖の中には白く変色した幻想的な木々がいくつも横たわっています。まるで湖の中に森があるようです。専門的なことは分かりませんが、この不思議な光景が出来上がる要素としては、この地の標高が高く、空気が薄いということに大きく関係しているようです。温度も低いので、植物が腐りにくい。ここに流れ込む水は、極端な硬水で、カルシウム、マグネシウムをはじめとする様々な鉱物が溶け込んでて、魚はおろか、ほとんどの微生物は生きていけません。近年まで地元の人間以外は誰も知らない場所で、様々な条件が奇跡的に絡み合って作り上げた景観なのです。その周りを青いわすれな草、淡いピンクの秋明菊、黄色のキンロウバイなどが彩っています。

この唯一無二の環境は、一方では私たち夫婦の体調に少しずつ不安な影響を落としていったようです。

この後、いくつかの湖を廻りましたが、どの湖も鮮やかなテクニカラー。一口に青といっても、それこそいろいろで、あお、アオ、青、蒼、碧、水色、空色と枚挙にいとまがありません。最初は一つ一つに感動の声を上げていたのですが、次第にそれが当たり前となり、「まあ、この辺の湖は皆こんなもんだろう」と、少しずつ感動も色褪せてきました。慣れというのは恐ろしいものです。

3日目は九寨溝の続きで、美しい湖、色とりどりのチベット族の民家、可憐な花々などを写真に収めながら、ツアーを楽しんでいたのですが、スケジュールはタイトで、一つの場所にのんびりもしていられません。

1分1秒を争いつつ、お気に入りの背景で写真を撮っていると、例によって若い中国人のカップルが横から割り込んできたので、思わずムッとして日本語で「どけ〜っ！」と大声で叫んでしまいました。

すると、なんとその中国人は「そうかそうか」という感じで、笑いながら退散したのです。一瞬、ケンカになってしまうのではないかと危惧したのですが、意外にもあっさりと場所を譲ってくれたのです。そうか、ハッキリ言えばいいのか……。

私の胸に不思議な感動が湧き上がりました。

2010年7月8日は、我が家では島敏光が「生まれて初めて中国人に勝った記念日」として、永遠に刻まれています。

九寨溝に1軒しかないという、大混雑のレストランでバイキングの昼食。その周りにはバザーのような土産物店が軒を連ね、妻はあわただしい時間の中で、ヤクの毛で作った1枚120元（1700円）のショールを、2枚で50元（700円）にまで値切って購入。時間があればもっと値切れたはずだと口惜しがっていました。

朝もやの中の犀牛海《サイギュウカイ》、水を飲むパンダが目撃されたといういい伝えのある熊猫海《パンダカイ》、貸衣装を着た観光客（妻もその一人）で賑わう五花海などを見学した後、五彩池《ゴサイチ》に向かいました。ここだけは海ではなく、池という字が付いています。

たくさんの碧い水を見てきましたが、ここだけは思わず「おおっ！」と歓声を上げてしまうほどで碧さの濃度が桁外れなのです。

これまでにもまっ青な池や湖も見たことがありましたし、透明な湖も知っています。しかし、まっ青であるためにはある一定の深さが必要で、浅くて透明な場合は淡いブルーと相場が決まっています。ところがこの五彩池は、一番深いところでわずか6メートルほど。塗料でも溶かし込んだような緑がかった濃厚なコバルトブルーであるにもかかわらず、湖底までくっきりと見えています。

まさに液体の宝石なのです！

それが光の加減や見る方向によって微妙に、なまめかしく、時には劇的に色を変え、目の前に広がっているのです。

湖を満喫した後は自由行動となり、近くの集落まで散歩に出かけ、一軒の雑貨店でコレクション用のタバコを3箱だけ買いました。中国には幾度となく足を運んでいるので、ほとんどのタバコはすでに持っているのです。

その店でパンダの絵柄の一袋10元(140円)のお茶が目に止まり、これはインパクトのあるお土産になると思い、最適だと購入しましたが、全部で4袋しかなかったので、ポロシャツ姿の若い店主にもっとほしいと告げると、彼は何かひとこと言ったきり、店の外に出て行ってしまいました。あわてて追いかけると「ここにはないので取りに行く」というようなことを言っています。店主はオートバイにまたがり、あっというまに姿をくらましてしまいました。店内は無人になり、我々は何もすることがなく、近くをぶらぶらと散策して、再び店に戻ったものの、まだ誰もいません。しばらくするとようやく遠くからオートバイの音。手ぶらで店の中に入って来た店主は我々の顔を見て「ノー」だと。どうもパンダのお茶は見つからなかったようです。わずかなフリータイム。バカバカしい時間を過ごしたような、貴重な時間を過ごしたような奇妙な感覚。こういうアクシデントもまた旅の醍醐味の一つに違いないのかもしれませんが……。

旅の身支度

旅の荷物は少ないに越したことはなく、私は基本的にはパスポートと現金を厳重に保管し、旅行ガイド、カメラ用品と着替えだけをトランクに詰めるのですが、パック旅行の場合、荷物はホテルの部屋かバスのトランクに入れたままにしておくことができるので、その他にお気に入りの寝巻き、帽子、ノート、シャーペン、クリアファイル、サイドバッグ、捨ててもいい本や小物を持って行きます。サイドバッグには、カメラ、フィルム、旅行ガイド、ドリンクを入れたペットボトル、現地で調達した地図やおやつ等を入れ、観光やフラワーウォッチングの際に持ち歩きます。女性の場合には、これに化粧品などが加わり、持ち物が増えていきますね。

私はパック旅行でも、自由旅行でも、家にある不必要な小さなグッズの数々……ボールペン、キーホルダー、バッジ、オモチャ、さらには食べあきたお菓子などをまとめてバッグやポケットなどに詰め込みます。現地の子供たち(時には大人にも)にプレゼントすると喜ばれ、人間関係がスムースに運ぶことも、満面の笑みを浮かべた子供たちとの写真を撮ることも可能になります。

同じことを考える旅行者も多く、100円ショップでボールペン等をごっそり買い込んだ老婦人や、色とりどりの折り紙で作った花や動物を持ち歩くおじさんもいました。この折り紙おじさんは、中国にあるレストランの少数民族の若き純朴なウェイトレスたちにモテモテでした。作戦大成功！

私は今から40年以上も昔のことですが、海外では穴の空いたコインが珍しいと聞き、和紙で作ったご祝儀袋に5円玉を入れ、スリランカに持って行き、ホテルでひたむきに働くボーイに手渡したところ、とても喜ばれたのですが、それから数時間後、私の部屋をノックする音が聞こえました。ドアの外には先のボーイがはにかみながら立っていました。彼は改めて、私にお礼を言った後、申し訳なさそうに、「日本のお金をいただいたが、これはスリランカでは使えないので、ルピーに替えてほしい」と懇願したのです。それはショックでした。当時のスリランカはそんな貧しい国だったのです。そのことに気づかない自分が少し恥ずかしくなり、それを5円より少し多めのルピーに換えて手渡した覚えがあります。それ以来、お土産はお土産、チップはチップと分けて考えることにしました。

その一方、家で眠っているオモチャや雑貨が、貧しい国々では素晴らしい宝物になることがあります。究極のリサイクル。そんなことを考えるのも旅の楽しみの一つです。ちょっと面倒かもしれませんが、引き出しやタンスの奥をチェックしてみてください。子供たちのくったくのない笑顔に勝るものはありません。

高山病初体験

さて、ここからは「絶景の九寨溝・黄龍とフラワーウォッチングを楽しむ6日間」の話に戻りましょう。4日目は待望のフラワーウォッチング。あいにくの雨の中、バスは四川省の珍しい花を求めてガタゴトと走って行きます。

フラワーウォッチングというくらいですから、山道を歩きながら草花を愛でるのかと思っていたらそうではなく、バスが道ばたで急に止まり、ガイドが「あそこに赤いケシが咲いています」と道路脇のだだっ広い原っぱを指さしました。

20数人のツアー客はバスから降り、三々五々小雨そぼ降る原っぱに分け入って行きます。山道を歩くのではなく、草原をうろつくのです。するとそこには雨にぬれ、テカテカと光ったまっ赤なケシの花が、うな垂れていました。まるで細い竿のテッペンにビニールのハンカチがたれ下がっているようで、私のイメージするケシの花とはまったくの別物です。鮮やかな赤ピーマンのようにも見えます。隣にはヤクのうんこらしきものも落ちていましたが、気にしません。

興奮して、初めて見る奇妙な赤いケシにカメラのシャッターを押しまくっていると、数人の現地の子供が近くに寄って来て、何やら話しかけてきます。お菓子を持ってないか、と言っているような気配です。残念ながら、食べ物は何も持たず、カメラだけ抱えてきたので、「ない」と答えると、かなり不満そうな顔になりました。

そのうちに一人の子供が私の帽子が気に入ったらしく、それをくれと言い出しました。安い帽子なので、プレゼントしてもかまわなかったのですが、子供があまり可愛くなかったし、小雨が降っていたので「ダメ」と断ったところ、なんとその子供はいきなり私の帽子をひったくろうとしたのです。

私はおもわず「何すんだ、コラァ！」と日本語で叫びました。なんといっても子供は子供。その場から逃げ去りました。私がさらに赤いケシ、エーデルワイス（日本名はウスユキソウ）、トラノオ、シオガマ、枯れる寸前の黄色いケシなどの写真を撮っていると、いきなり何かいやなものが飛んできました。

子供たちがヤクのうんこを掴んで、こちらに投げているのです。叱られた仕返しのようです。思わずこちらもうんこを掴んで投げ返そうとしましたが、すんでのところで思い留まりました。やっぱりうんこは掴みたくありません。

しかもうんこは雨で湿っています。お菓子の一つでもポケットに入れていればこんなことにならなかったのにと後悔しつつ、一目散にバスに逃げ帰りました。

それまでに会った現地の人々は穏やかで、素朴で、大人しい人ばかりだったので、このうんこ事件には少々へこみました。

2度目のフラワーウォッチング・タイムでは、赤いケシの他、日本では見たことのないような様々な花も咲き誇り大喜びで、写真撮影にいそしみました。そこでなんと、幻の青いケシらしき花を見つけ、ガイドに報告すると、ガイドは、

「ああ、それは青いケシじゃなくて水色のケシ」

とけんもほろろに言い放ちました。

「おいっ、青と水色は違うのかいっ！」

私は心の中で思わずツッコミを入れました。

幻の青いケシは本当に見られるのでしょうか……？

前日は青一色の一日でしたが、この日は赤いケシを見たあとに行ったレストランのウェイトレスが全員まっ赤なシャツを着ていて、赤の一日というムードになってきました。九寨溝名物のキノコを使った料理、ヤクの肉のスープ。シャキシャキのもやし炒めが旨い。食欲は落ちないものの、特殊な状況の許で、私の体調は赤信号が灯り、わずかな段差でバランスをくずして転ぶ、山道をほんの少し歩いただけでも息切れがするという不吉な症状が現われてきました。

5日目の早朝、妻は胃の痛みで目覚め、トイレに篭もりっきりになってしまいました。

水、食べ物、疲労、高山病の初期症状……原因は不明ですが、アジアではよくあるケースです。「一過性のものだから大丈夫」となぐさめましたが、説得力はなかったようです。この日は昨日と違って、天気はすこぶる良好。妻もなんとかトイレから這い出して、ホテルのロビーまでやって来ました。この日はお弁当と高山病対策の酸素ボンベを受け取り、黄龍の入口まで徒歩で向かいました。

この黄龍にはいくつもの石灰棚があります。入口の近くの見晴らし台から、遙か彼方に世にも美しい石灰棚が見えます。それはまるで、空色のだんだん畑。一つ一つの棚が空の青、サファイヤの青、ターコイズブルー、エメラルド・グリーンと違った色の水を湛《たた》えています。石灰棚は上流から下流へとつながっている。つまり同じ水。それなのになぜ色が違うのでしょう?

ここからは自由行動となりますが高山病一歩手前の私と、お腹をこわした妻は果たして、あの夢のような場所まで辿り着けるるのでしょうか……。

苦しそうに顔をしかめる妻を見ているうちに、私は逆に元気になり、妻の荷物を持ってゆっくり歩き続けました。昨日の水色のケシとはまったく違う濃い青紫のケシを見つけ、これぞ幻の青いケシと思い、あとでガイドに確認すると「それは紫色のケシ」とのことでした。やはり幻の青いケシは幻でした。妻の体調は少しずつ快方に向かったようで、いつのまにか私のすぐ後ろにいます。

ビューポイントである黄龍の五彩池が近づいてきました。

石灰棚といえば、トルコのパムッカレが有名ですが、私の見る限り、黄龍の方が百倍は美しい。幾重にも連なった石灰棚と鳥の声。一番手前の棚は南国の海のような澄み渡った青。左手前は新緑の山の色、右手はさわやかな初夏の空の色、その奥にはやさしい乳白色と様々な色彩が目の前に広がっています。さらにその奥には黄龍寺と呼ばれる古いお寺のダークグレーの屋根が見え、絶妙なアクセントとなっています。

妻は地獄から抜け出し、天国にやって来たようだと語っていましたが、私のほうはここからが地獄の始まりでした。

ビューポイントで美しい風景を見てホッとしたのか、トイレを目指して早足で歩く妻のあとを追いかけているうちに、頭がズキズキ痛くなり、胃がムカムカしてきました。出口に近づいた頃、急に頭を切り裂くような痛みと、激しい吐き気に襲われました。ホテルまでなんとか辿り着いたものの、遂にまったく動けなくなってしまい、冷房のギンギンに効いたホテルの床に、恥ずかしながら大の字に寝転んでしまいました。これは絵に描いたような典型的な高山病。やったぜ、高山病初体験！

いや、はしゃいでいる場合ではありません。

高山病になった時の対処法は、ガイドブックには、
①現在地よりも高い場所に行かない。
②すみやかに低地に移動する。
③医師の診察を受ける。
とあり、無理をすると命にかかわるとのことでした。

その時点で、私のいる場所は標高約3千メートルにあるホテル。これからは幻の青いケシを求め、バスで一気に標高4200メートルの雪宝頂山という山のテッペンまで登って行く予定なのです。ダメじゃん！

TO BE OR NOT TO BE。

行くべきか行かざるべきか、さながら瀕死のハムレット。

その時、私はぼんやりした頭で必死に考えました。ここからさらに1千メートルも登ると考えると恐ろしくてたまらない。生命の危険も感じるが、このチャンスを逃せば、おそらく青いケシは一生見ることはできないだろう。この幻の植物は標高4千メートル以上でなければ育たず、このシーズンしか開花しない。体調の戻った妻はそんな花を一人で見て、「キレイだったわよ。あなたにも見せたかったわ」などと言うに違いない。それは絶対にイヤだ。もう、この際死ぬ気でバスに乗り込もう！

幻の青いケシ

バスは唐山大地震の影響で、めちゃくちゃになってしまったといわれるとんでもない悪路を、飛び跳ねるように進んで行きます。私はバスの後部座席にシャクトリムシのように横たわり、嘔吐をくり返し、七転八倒の苦しみを味わっていました。バスは不意に山道で停車。ガイドが声高らかに「この下に青いケシが咲いています」と宣言。山の斜面を指さしました。ツアー客24人のうちの23人がバスから降ります。

高山病で動けなくなってしまったのは私一人のようです。私は青いケシを見たい一心で、立ち上がり、座席にすがりながら歩き始め、バスの外に転がり出ました。山の斜面にはピンクや黄色の花が咲き誇っています。その遥か下の方に小さな青い点が見えたような、見えないような、あれが幻の青いケシなのか……？

バスからはなんとか降りたものの、そこからまた動けなくなってしまい、私は心と体の体勢を整えるため、しばらくの間、道路で横になることにしました。

私より、明らかに年上と思われるおばさんたちが、ペチャクチャと世間話をしながら、元気に横を通り過ぎて行きます。そして、私の顔を覗き込んで、

「あらあら、ケシの花より青い顔をしちゃって！」

と言い放ったのです。うっすらと笑みを浮かべて。私はこの時、たとえこのおばさんを殺しても、無罪ではないかと本気で思ったものです。

「こっちよーっ！」

遠くから妻の声が聞こえます。

山の斜面を駆け下りて行く気力はさすがになく、道路の縁にペタリと座り、あとは地球の引力まかせ。私はケシの決死隊となり、ままよとばかりお尻からズリズリと滑り落ちるという方法をとりました。7～8メートル下りたところで突然、他の植物を圧倒するような神々しさを放つ、ターコイズブルーの大輪の花が、私の目に飛び込んできました。幻の青いケシは緑の草、褐色の土、灰色の岩の絶妙なバランスの中に凛と咲き誇っていました。私は必死にカメラのシャッターを押そうとしましたがこの時、高山病にかかった人間にとって、それはとてつもない重労働だということに気づきました。地面に這いつくばり、ファインダーを覗き、自分なりの美学にかなった写真を撮るためには、たとえほんの一瞬でも、息を止め、意識を一点に集中しなければならないのです。これがとんでもなくキツい。接写となるとなおさらです。

ようやく一度だけシャッターを押すと、仰向けにひっくり返り、ゼイゼイと息を切らすありさま。吐き気も力を増して押し寄せてきます。それでもまた再び、私はカメラを神秘的な被写体に向けるのです。藍色のインクを流し込んだような色の透明度のある花びら。中央には鮮やかな黄色いメシベが群れ、こげ茶色の茎にはたくさんの黄緑のトゲのような毛が密集しています。

東京に戻って、私はすぐにフィルムを現像に出しましたが、その写真を見て、我が目を疑いました。九寨溝の湖も黄龍の石灰棚も見事に写っていたのですが、青いケシだけはなぜかすべてピンボケ。次から次へ登場する焦点の合わない写真。なぜ……?

私のカメラはいわゆるオートマティックに設定していますので、シャッターを押すだけで自動的にピントが合う仕組みになっています。ある意味、ピンボケ写真を撮る方がむつかしいのです。それでも何とか1枚だけ、まともな写真がありました。

数日後、私がヴォーカルで参加しているバンドのライブがあり、幻の青いケシとピンボケ写真の話をしました。もしかしたらピンボケをまぬがれた写真をほしがる人もいるかもしれないと思い、「20枚ほど焼き増しをして持ってきましたので、プレゼントします。ほしい人は手を挙げてください」と告げると、私の喜びと興奮が伝わったのか、なんと50人ほどのお客さんのほぼ全員が手を挙げたのです。写真は奪い合いとなり、すぐに品切れとなりました。どうしてもほしいという人には、住所を訊いて、あとから郵送することになり、これは嬉しい悲鳴でした。

高山病は世にも恐ろしい病気でしたが、高山から下りたとたんに、あっけなく全快しました。艱難辛苦を乗り越え、旅の目的を達成した時の充足感と幸せは、何物にも代えられません。

家族旅行のポイント

趣味嗜好は人はそれぞれです。

たとえ家族といえど、行きたい場所、見たいもの、食べたいものが一致するとは限りません。私と息子はアジア好き。娘はアジアが苦手です。渡航先が決まっても、そこでのアミューズメントやレストラン選びで意見が食い違ったりします。

その点、パック旅行なら好むと好まざるにかかわらず、旅のメニューが決まって、それに従うしかないので、話は簡単です。あとは限られたフリータイムをどう活用するかです。我々の一家は多少体がキツくても、ホテルでじっとしているよりは街にくり出したい、食べ物も娘以外は、地元の食材にチャレンジしたというタイプなので、さほど問題は起こりません。

求めるものが違った場合は、たとえ家族でも別行動を取りましょう。吉川さんのアメリカ旅行を参考にしてください。行動パターンの比較的よく似ている我々もハワイなどでは男組と女組に分かれて行動します。男組は浜辺で砂遊び、時にはカジノ。女組はもちろん買い物です。相手の言うことにしぶしぶ従い、あとで愚痴を言うなどということのないように、旅先ではお互いの目的意識をクリアにしておきましょう。

第2章

トルコ初めて物語

パック旅行の楽しみ方

「冗談はよせ！」

私は生まれて初めて、大自然に向かって、思い切ってツッコミを入れました。

色といい、形といい、どう見ても巨大なシメジ。

トルコの世界遺産カッパドキアの奇岩群は、黄土色の大地を埋めつくし、天に向かって自由気ままにニョキニョキと伸びています。感動で胸がいっぱいなのに、バカバカしくて思わず笑ってしまう。まさに神さまのくれたギャグ。呆然と眺めていれば、それだけで体験したことのない不思議な快感に襲われます。

トルコという国は私の想像を絶する国でした。

私たち団塊の世代と呼ばれる人種の多くは、トルコといわれてもとりあえず思いつくのは、ユセフ・トルコ、トルコ風呂、『悲しき60才』くらいのものでしょう。力道山時代のプロレスのレフェリーであり、現在のソープランドであり、「♪遠い昔のトルコの国のォ〜」で始まる坂本九のヒットソングなのです。

私には元来、トルコに観光に行くという選択肢はありませんでした。ところが、何かの写真集で、たまたまカッパドキアの奇岩群を見た時、「なんじゃ、こりゃ！」と度肝を抜かれてしまいました。いつかこの珍妙な風景をしかとこの目で確かめたい。

2010年の早春、私は阪急トラピックスの小冊子で「往復トルコ航空直行便で行く魅惑のトルコ周遊10日間モニターツアー」という文字を見て、まずカッパドキアが含まれているかチェックしました。3日目の予定表に「アンカラからバスにてカッパドキアへ(274㎞、約4時間30分)。直後、洞窟レストランにて昼食。世界遺産ギョレメ国立公園とカッパドキアの岩窟群観光」とありました。

値段は2月16日出発が10万9800円、4月29日出発が39万9800円。シーズンによって29万円も違うのです。私は旅行をする時、基本的には飛行機に乗っている時間をのぞいて、一日3万円以内で過ごせるツアーを選びます。私の感覚の中では一日3万円も出せば、日本でも海外以上に楽しく過ごすことができる、という思いがあるからです。

このツアーをチェックすると、私が家族と行くことが可能な4月10日〜19日は、一人15万9800円。10日間のうち2日半は移動時間なので、正味7日半。この計算でいくとバスに乗っている4時間半は長いですが、一日2万円少々で現地を堪能できます。2〜5月の数多くの出発日の中でこの日だけ「人気添乗員同行」とありました。旅先で時間を共有する添乗員の経験値、人柄、プロ意識は旅行者が快適に過ごせるかどうかに大きくかかわってきます。これはちょっとした魅力でした。

一方、カッパドキアのあとはコンヤ、ヒエラポリス、パムッカレ、エフェソス、ベルガマと、最後のトロイ以外は私のよく知らない名前ばかりが続き、しかも寝台車、機中を含め、毎日違う場所で眠るという気の重い行程。一日くらいは同じホテルでのんびりしたいのですが、限られた日数で少しでも多くの名所名跡を効率的に廻るには仕方のないことなのでしょう。

朝こそゴールデン・タイム

仕事をリタイアした男性や、子育ての終わった主婦の多くは、未知の世界に旅立ちます。お金に困っていなければなおさらです。私は日頃、電車やバスの替わりに自転車を使い、ペットボトルには家で入れたお茶を入れ、自動販売機をスルーします。交通費が一日40 0円、ドリンクの代金が100円としても、一日に500円は節約できます。月に20日間ほど外出したとして1万円。一年で12万円が貯まり、トルコ旅行に行けるのです。酒、タバコ、愛人などをたしなむ人はそのあたりの出費を少し控え目にすれば、もっと貯まるでしょう。合い言葉は「宵越しの金は持て！」です。

日本人の旅行者の大半は50歳以上。9割近くを占めているという統計もあります。私もその一人です。爺は朝が早い。これは実に好都合。パック旅行でその内容だけを甘受するという方法もありますが、また別の楽しさが常にその外側に潜んでいますので、ちょっとした空き時間を有効に活用しましょう。旅行会社が用意したメインの料理にどんな付け合わせを盛り付けるかがパック旅行の醍醐味なのです。言い方を変えれば、パックの行程がグリコのキャラメルなら、おまけを楽しもうということ。移動時間はどうにもなりません し、おしきせの買い物タイムも避けられません。場所によっては、夜は危険が伴います。特に年輩者は狙われやすい。強盗、ひったくりはもちろんのこと、スリランカの田舎では野生の象に気をつけろと言われました。そこで夜はしっかり寝て、翁はパック旅行のおまけとして、朝の散策を楽しめばいいのです。眠りから覚めた村や町は魅力に溢れる様々な表情を見せてくれます。

パック旅行をただのパック旅行に終わらせないことがパック旅行の肝なのです。

私と同行の妻はピックアップ(10時)の5時間も前にベッドから這い出し、ホテルの朝食をすませ、早朝のイスタンブールの街にくり出しました。まろやかなモスク、広々とした公園、レンガ造りの家並、細い石畳の坂道、人を恐れない猫、軍艦の見える海峡、色鮮やかな季節の花々。そのどれもが異国情緒たっぷりでせわしない日々を送る日本人の心に染み込みます。旅行中であっても私たちはせわしないのですけど……。

街のあちこちで、街路樹が薄紅色のロマンチックな花を咲かせています。妻はこの花を色の濃い桜だと主張し、私は杏だと反発し、お互いに一歩も譲りません。あとで現地のガイドに尋ねると、ナツメの花だそうです。まあ、そんな所でしょう。

ボチボチと営業を始めた食料品店のショーケースに、白い粉をまぶした平たい皿のような形のものが積み重なっています。店員に何かと尋ねると「ドライ・フィグ」と答えます。日本のものよりかなり大きい上に、見た目が違うので分かりませんでしたが、これぞ本場の乾燥イチジクでした。

店員に1ドルを渡すと、そのイチジクをいくつか茶色の袋に詰めてくれました。ホテルで数えてみると11個。日本円で1個10円そこその値段ですが、その味は抜群で、ほどよい甘さと柔らかさに思わずうなってしまうほどでした。

こういう瞬間に異国にやって来た幸せをつくづく感じます。驚きと感動で身も心もジワジワと若返っていくような気がします

私は約10円の幸せを噛みしめ、味わい、飲み込みました。

旅行スタッフと仲良くなる方法

最初の団体ツアーは世界遺産のイスタンブール歴史地域の散策で、まずはブルーモスクを見学。このモスクの外見は淡いグレーですが内部にトルコ産の青を基調にした2万枚も

のタイルが敷き詰めてあるのでブルーモスクと呼ばれるようになりました。
6本のミナレット(尖塔)を配置したバランスのよいフォルムはイスタンブールの街に溶け込み、その佇まいはいともエレガント。街には赤、白、黄色のチューリップが咲き誇り、おしゃれな食堂やカフェも軒を並べています。

「チューリップもカフェもトルコが発祥の地なんですよ」

人気添乗員のA子さんは若いにもかかわらず、余裕たっぷりのキュートな笑顔を振りまいています。

パック旅行の楽しさはガイドによって大きく左右されます。退屈な話を長々とする人、極端に自由を制限する人、自分たちの利益に直結するショッピングのことばかり力を入れる人……こんなガイドに当たってしまったら、旅行の醍醐味は半減します。参加者同士が仲良くなることはもちろん、添乗員や現地ガイドと親しく接することができれば旅行はさらに楽しくなるでしょう。

そうなるためには、まず彼女、もしくは彼に気持ちよく仕事をさせてあげることです。基本は話を聞くことです。パック旅行はバスでの移動が圧倒的に多く、そんな場合は始まりの頃は添乗員、中盤からは現地ガイドによる説明タイム、疲れてくるとお昼寝タイムとなります。国によってはバスからの眺めが魅力的で、説明を聞いたり、昼寝をしたりするのはもったいないというケースもありますが、それでもマイクを持った人間の話は聞きましょう。学校の教室等でもそうですが、しゃべっている人間にとってはバスの中でも誰が話を聞いていて、誰が聞いていないかがクリアに分かります。大声で私語を交わしていても、学校の先生と違って「静かにしろ！」とどやしつけることはありませんがその分、根に持ちます。こうなると誠意あるサービスは期待できません。

話を聞いているうちに、この人は歴史に造詣が深い、食べ物に対する知識が豊富だ、動植物に詳しい等々、それぞれの個性が分かってきます。現地をよく知る人間を味方につける。これは旅の極意の一つ。旅行の現場で仕事をしている人は、概して陽気で人間好きです。それでなければやってられません。話しかけても、決して嫌な顔はしません。得意分野の質問ならば、特に機嫌良く答えてくれるでしょう。こうしてささやかな人間関係が構築されれば、困った時や特別な買い物をしたい時に、親身になって相談に乗ってくれるでしょう。

現地ガイドに限っていえば、てっとり早く打ち解けるには、チップを渡すという方法もあります。２００円～１０００円の間が目安でしょう。その国の物価に合わせてください。多くの場合、翌日から態度がコロッと変わります。仲良くなったというより、いいカモが現れたということかもしれませんが。

少しばかりのチップを渡したからといって、横暴になったり、集合時間に遅れたりしては元も子もありませんよ。現地ガイドの多くは日本の観光客は礼儀正しく、謙虚で時間を守るので大好きですと言ってくれますが、そのあとに必ず、でも、チップをははずまないですねえ、まあ、それはいいですけど、と付け加えます。その反対が中国人だそうです。

トルコ・ア・ラ・カルト

ブルーモスクを象徴する青のタイル、太陽光線を浴びたステンドグラス、敷きつめたペルシャ・ジュータン。すべてがこよなく美しい。ほとんど何の予備知識もなしにやって来たトルコですが、花と乾燥イチジクとブルーモスクのおかげで、すぐに大好きになりました。ツアーは続きます。古くは1964年に日本でも公開された『007/危機一発』(後に『007/ロシアより愛をこめて』に改題)のロケ地にも選ばれた地下宮殿と呼ばれる幻想的な貯水池。さらに世界で4番目の大きさを誇るダイヤ(86カラット)も展示されているトプカプ宮殿(現在は博物館)を見学します。

私の大好きな『トプカピ』という映画が同じく1964年に公開されました。この時、語尾が「プ」でなくて「ピ」でした。美しい女盗賊(メリナ・メルクーリ)がこの宮殿に納められた「サルタンの短剣」と呼ばれる巨大な4つのエメラルドのはめ込まれた財宝を盗み出そうとする物語で、後にポアロ探偵を演じて日本でも有名になったピーター・ユスティノフがアカデミー助演男優賞に輝いたスリル満点の娯楽作品です。この豪華絢爛な短剣の本物も見ることができました。

『イスタンブール』というキレのいいB級アクション映画も2年後の1966年に公開。主演は『荒野の七人』のホルスト・ブーフホルツで、まだ売れる前のクラウス・キンスキーが、脇役で凄味を発揮していました。

縁がないと思っていたトルコと私のお気に入りの映画は、いろいろなシーンでリンクしていました。イスタンブールはヨーロッパとアジアにまたがる世界でただ一つの都市。欧米の映画を年間何百本も見続けているアジア人の私には、まさにうってつけの場所だったようです。

寝台列車でアジア側のアンカラまで行き、8時過ぎに駅の構内のレストランで、パン、チーズ、ジャム、バター、蜂蜜、オリーブの実とトルコ式のチャイのシンプルな朝食を取り、バスでカッパドキアに向かいました。

1時過ぎにカッパドキアに到着。岩をくり抜いた洞窟レストランで昼食。中はとてもひんやりしています。野菜スープ、サラダ、オムレツ、鱒のグリル、サッパリ味のスイーツの昼食のあと、いよいよいつか写真で見た岩窟群の観光が始まりました。

このときの感想文を、写真と一緒にアルバムに貼り付けてありますが、そこには「スゴイ、スゴイッ！　想像していたよりずっとスゴイッ！　めちゃくちゃにスゴイッ！」と我ながら実に頭の悪そうな文章が記してありました。

洞窟のレストランの周りにはたくさんの土産物屋があり、売り子がタイルの鍋敷きを指差し「100円、100円、100円ショップ！」などと叫んでいます。

トルコの店員は概して陽気で、人なつっこい。私はイスタンブールでスカーフを買おうかどうか迷っていると、店員(青年)がカタコトの日本語で「イチマイニセンエン、ニマイサンゼンエン」と呼びかける。私が「じゃ、3枚なら」と尋ねると意表をついて「イチマンエン！」。しょうもないギャグにカチンときつつ、気はなごむ。

ジュータンの専門店では小さなものでも10万円、20万円の言葉が飛びかいます。とても高くて買えないと告げると、「じゃ、予算は?」と尋ねるので、「5千円以内」と答えたとたん、バチンと店内の電気を消されてしまいました。真っ暗なお店の中から「帰ってくれ！」の声。どこの国にもこういう陰険な奴はいるのです。さすがにこれには驚きました。

この時、1トルコリラは87円ほどでしたが、私はこの旅行の最中、私のサイフにボロボロの「100万トルコリラ！」がまぎれ込んでいるのに気づきました。

まさか額面通りの870万円に換金できるとは思いませんでしたが、これを見た時には手が少々震えました。

実はこのお金、トルコ政府がデノミに踏み切る前に使われていたお金で、今では100万トルコリラは1トルコリラだそうです。ゼロを6つもカットするとは、思い切ったものです。それを知って、残念なようなホッとしたような気分になったものです。

カッパドキアで驚きと感動の時間を過ごし、奇岩が見慣れた光景となってくると、私はこのとてつもない自然に畏敬の念を抱きつつ、先述のように「冗談はよせ！」とツッコミを入れました。大地全体が、新橋あたりのやきとり屋で食べたしめじ釜飯に見えてきたのです。私が人間以外にツッコミを入れたのはパンダ以来でした。

私たちはバスで、ラクダ岩、三美人などの名前の付く、特にユニークな岩の前まで行って、写真を撮りまくります。三美人は私に言わせれば、どう見ても3本しめじです。オバサンのツアー客がこれをバックに記念写真を撮る時は必ず「私を入れて4美人ね」などという痛いギャグが飛び交います。

しめじのフルコースの後はカイマクルという巨大な地下都市を見学。現地ガイドのアリさんは「皆さんにカイマクルでお土産をカイマクル時間を差し上げます」と予想通りのダジャレをぶちかまします。

夕食はホテルでのバイキング。

最近では日本でもよく見かけるケバブを筆頭に、肉、魚、野菜、豆、米、パン、甘いデザート、とあらゆる食材が様々に調理され、テーブルに並んでいます。全体的に味付けはサッパリ系なのですが、肉中心で、多くの料理にも油がたっぷり使用されているため、次第に胸やけがしてきました。以前はこんなことはなかったのに、歳とともに海外でも食生活には細心の注意を払わなければいけませんね。

旅のメンバーと仲良くなる方法

パック旅行の場所、昼食、夕食は多くの場合、参加者全員が一ヵ所に集まります。少なくとも4~5人、多い時は20人以上のツアー客が同じテーブルを囲みます。ここでなごやかな会食となれば言うことなしですが、なかなかそうはいきません。無理に仲良くしようとしても、会話が空回り、ぎこちないムードが四方に立ち込めます。なにも短時間でコミュニケーションを図る必要はないのです。合コンじゃないのですから。かといって、ここで敵や気まずい相手を作ってしまったら、旅がギスギスしたものになってしまいます。

悪い印象を与えないこと。そのために気をつけなければいけないことは、

①食事にケチをつけない。

②しゃべり過ぎない。

③その場に相応しい装いをする。

④集合時間を守る。

①は思わず言ってしまうんですね。「味が濃いよね」「肉が固いわ」「スープが冷めてるじゃないの！」。ここは我慢のしどころです。食べ物にケチをつけても、味は変わりません。むしろ、それなりに納得して食べている人も、それを聞けば嫌な気分になってきます。「私しゃね、入れ歯だから、こんな固い肉はとても食べられんのですよ。しかもパサパサで、なんだか色も良くない……」なんて話を聞かされて、楽しいわけはありません。誰もが「はいはい、いつもはさぞや柔らかくていい肉を召し上がっているんでしょうねえ。それにしては安いツアーに参加していますねえ」と嫌味の一つも言いたくなります。仕舞いには「和食が食べたい」などと言い出す人もいて、思わず「一人で日本に帰れ、コノヤローッ！」と叫びたくなることもあります。

私も自由旅行からパック旅行に切り替えたときは、どの国の食事にも不満を感じました。特にスリランカのパック旅行でカレーを食べた時は、どの店も観光客に気を遣ったのか、辛みが抑えてあり、物足りなく感じたものです。そんな時、「いや、本場のスリランカ・カレーはもっとパンチの利いた味なんですけど、ここは外国人向けで本場の味とはちょっと言えないですねェ」などと御託を並べていたら、カレーを食うだけではなく、総スカンを食うことになりかねません。

口に合わなければ「黙って残せ！」です。

決して悪気はないのに②で失敗する人も少なくありません。旅行者同士は基本的に同じ旅行代金を払っているため、俳句の同人のように上下関係はなく、利害関係も希薄です。どんな仕事をしている、過去にどんな仕事をしていた、などということは、なんの自慢にもならず、どこにどれだけたくさんの旅行に行ったかが、尊敬の対象になります。そのため、アルマジロを食べた、世界100ヵ国以上を旅行した、南極を裸で駆け回ったなどは自慢してもいいのですが、それもほどほどにしましょう。同じテーブルに8人居たら、自身のおしゃべりは全体の8分の1と決めておきましょう。旅行者は聞きたがりよりしゃべりたがりが多く、しゃべり過ぎる人間がいると、自然とその周りから人が遠ざかっていきます。逆に相手の話を上手に引き出すことができれば、好感度はグングンと上がっていきます。ただし、訊かれたことにはキチンと答えましょう。
③の旅先のおしゃれについてはダンディーな吉川さんにお任せしますが、私からは一つだけ。おしゃれは自分のためだけにするものではなく、周りの人間を気持ちよくさせるものであってほしいですね。
高級な服を着ていればいいわけではありませんが、汚れた服などは論外です。隣に座っ

た男性が汗臭くて閉口したしたことがあります。汗をかいたら食事の前にシャワーを浴びて着替えるのが理想ですね。香水の匂いがキツいのも困りものです。

そして、何より大切なのが④で、ホテルのロビーやバスの車内の集合時間は確実に守りましょう。混みそうなトイレは早めに使用し、忙しい店ではテキパキと買い物をすませ、約束の2~3分前には集合しましょう。日本人は几帳面です。バスの出発の予定時刻に遅れると「私だってもっとゆっくり支度がしたかった」とか、「もう少し買い物ができたはず」とか、ささいな不満やイライラがバスの中に充満します。これが2度3度続くとなると、「またお前かっ！」と集団の敵意がすべて一点に集中します。くれぐれもそんなことのないように……。

以上の4点を守っていれば、周りの人間はいつのまにかあなたの側に寄って来ます。

期待はずれと想像以上

2日目のカッパドキアにも目を見張り、コンヤのメヴラーナ博物館、世界遺産のヒエラポリス、パムッカレ、聖母マリアの家、ベルガマやトロイの遺跡群、イスタンブールに戻ってアヤソフィア(大聖堂)等々を巡りました。

どれもこれも圧倒的な説得力を持って、世界史の残光を見せつけてくれましたが、後半になるとすべての遺跡が頭の中でごっちゃになってしまい、その差をうまく説明できません。あまりにもおびただしい数の遺跡のかけらがあちこちにゴロゴロしているので、ありがたみも感じなくなってきました。ここからは私の専門分野である映画や音楽の話をからめながら、この旅で特に印象的だったことをご紹介します。

世界三大期待はずれは、ベルギーの小便小僧、デンマークの人魚姫、シンガポールのマーライオンといわれていますが、私にとってこの旅行での最大の期待はずれはトロイの木馬でした。トロイは紀元前3000年から紀元400年まで、繁栄と衰退をくり返してきたため、ここの遺跡は1~9層まで重なっていて、いわば遺跡のミルフィーユ状態になっているのですが、私のような門外漢には理解ができません。

それにしてもこの世界遺産の中に設置されたレプリカの木馬のチャチなこと！　側で見ると図体だけは大きいが、その姿形は日本の名もない遊園地レベルです。古代ギリシャ軍とトロイの民との戦いの行方を決定づけた木馬。歴史の重さの中の耐えられない存在の軽さ。それでも私は木馬の体内に入って、窓から顔を出し、ニコッと笑って記念写真を撮ってしまうのですね。同じような行動を取る人はいくらでもいて、木馬内の階段は押すな押すなのラッシュ・アワーでした。

この日はトロイ遺跡の近くにあるチャナッカレという街に泊まることになりました。この海岸に、ブラッド・ピット、オーランド・ブルーム主演の超大作映画『トロイ』で使われた木馬が設置されていると聞き、私と妻はさっそくホテルを飛び出しました。

この映画は2004年に日本でも公開され、その木馬はロケ地のマルタ島に保存されているといわれていました。当時のプログラムを参照すると、木材を模した鋼とファイバーグラスで作られ、全身約12メートル、体重11トン。間近で見ると、木馬というより、巨大な馬型エイリアンという感じです。

現地ガイドのアリさんに「トロイ遺跡の木馬と映画の木馬ではどっちが本物に近いんでしょうかね?」と尋ねると、アリさんはこともなげに「そりゃ、映画でしょう」と答えます。ダメじゃん!

チャナッカレの海辺を散歩すると、可愛らしい露店が連なり、木馬の置物(2トルコリラ)が山のように積まれていました。ピンクの綿菓子を売る屋台は木馬の形をしていました。

トルコが発祥の地といわれるカフェもどこもが大盛況。チャイが飲みたくなってカフェに入ったものの空席はなく、それでもどこかにあるだろうとキョロキョロしていると、黒いブレザー姿の彫りの深いおじさんが、ここに席があるから一緒にどうぞと声をかけてくれました。男が何を頼むのかと訊いてくるので、チャイだと答えると、男は私たちの代わりにボーイを呼び、オーダーを通してくれました。ここまで会話が無事に成立しているようですが、実はそうではなく、男には日本語はもちろん、英語もまったく通じません。不思議なもので、会話は噛み合わなくても、意志は通じます。私はガイドブックを開き「トゥデイ、トロイ、トゥモロー、イスタンブール」とくり返し、男はその度に「オー、イスタンブール」と返事をしてくれます。楽しい時を過ごし、チャイの代金を払おうとすると、男は「いいんだ、ここは、俺の国なんだから、俺が払う。あんたがたは客人だ。この土地でたっぷり楽しんでくれ（そう言っていたのだと推察する）」と、私たちにはどうしても払わせません。私はその好意を甘んじて受けることにしました。

決してお金持ちには見えないトルコの一般人（多分、学校の先生）に、多少は小金を持った日本人が、たとえ一杯のチャイといえど、おごってもらう。トルコ人のおもてなしの精神を肌で感じた瞬間でした。それはいたる所で気づいていたこと。魚屋で写真を撮っていれば大きな魚を持たせてくれる。ケバブの写真を撮ればナイフを持たせてくれる。若者たちは私たちと肩を組み、八百屋のおやじは自分の頭にトマトを乗せました。今回の旅行では楽しい人とばかり巡り合いました（電気を消したジューターン屋のおやじを除く）。

目的地を選ぶポイント

世界中から選び抜かれ、ユネスコの厳しい審査を経て世界遺産に登録された名所名跡が素晴らしいのは当たり前ですが、中にはトロイ遺跡のように、私には感動の伝わらないものもあります。

有名な映画祭で賞を獲った作品が面白いとは限らないのと同じです。逆にエジプトのピラミッド、中国の鳳凰古城、沖縄の離島のように、なぜこんなにスゴイものが世界遺産に登録されないのだろうと不思議に思う場所も少なくありません。

でも、まずは世界遺産から攻めていくという手はありますね。

なんといっても確実です。それに慣れてきたら、フラットな目で自分の興味に合った目的地を探すことをお勧めします。

私にとっては世界遺産より、その土地に根付く人々の暮らしや、市民の胃袋ともいえる市場、街の食堂のメニューの方が気になります。そこの側に珍しい花が咲いていたり、動物が姿を現したら、もう最高ですね。

これぞ本物のトルコ風呂

トルコの世界遺産であるパムッカレに到着したのは夕刻でした。

絵ハガキやパンフレットで見る限り、その青白い石灰棚は比類なき美しさを誇っていましたが、陽は沈みかけ、空もどんよりしていたため、石灰棚というより、ぼやけたスキー場のようで、思ったほどの感激はありませんでした。

ここでは温泉のような足湯が体験できます。

30度ほどのぬるい湯ですが、なかなか気持ちがいい。

帰りがけに水溜り（正確には湯溜り）を見ると、その中に黒い点々を発見。それが時々ゆらゆらと動き出します。よく見るとなんとオタマジャクシでした。温泉たまごならぬ温泉おたま。生命の力強さをしみじみと感じましたね。

パムッカレのホテルにはトルコ風呂がありました。

トルコ風呂といっても、全裸のトルコ嬢がマットの上で泡踊りを披露してくれるという類いのものではなく、「ハマム」と呼ばれるトルコの伝統的なお風呂です。日本のトルコ風呂は、トルコの王様になったような気分を味わってもらおうという主旨で名付けられましたが、トルコの青年がこれはあんまりだと抗議をしたため、ソープランドと名称を変えることになりました。それはそうでしょう。海外の娼家がすべてジャパニーズ・ハウスと呼ばれていたら嫌だもの。などという話は置いておいて、何はともあれこのハマムを体験してみました。

ここには浴槽もシャワーもなく、蒸気が充満しているわけでもありません。ただ生暖かいだけのタイル張りの部屋。座ればいいのか、寝ころんでいいのか、どうにもとらえどころのない空間で、日本人の私には楽しみ方がまったく分からず、リラックスどころか妙に緊張してしまい、すぐにその場を離れました。

あとで添乗員のA子さんに訊くと、要するにサロンのようなもので、基本的には男性のための情報交換、井戸端会議の場所のようです。日本でいえば「浮世床」ですね。

私はトルコといえばユセフ・トルコ、トルコ風呂、『悲しき60才』と無責任なことを書きましたが、そのうちの一つを体験することができました。さらにこの旅を通して、ユセフ・トルコが本物のトルコ人であること、トルコを舞台にしたヒットソングがトルコの曲ではないことも知りました。『悲しき60才』は『ムスターファ』というタイトルのアラビアの曲に、若き日の青島幸男がデタラメな歌詞を付けたものだったのです。こうして海外旅行は、様々な役に立たない情報を私に提供してくれるのです。

旅も終わりに近づき、時間が少し余った時に、人気添乗員のA子さんが気を利かせ、イスタンブールの魚市場に案内してくれました。市場好きの私は大喜び。店内には裸電球が灯り、魚やエビが丸いお皿の上に放射線上にレイアウトされ、巨大な怪獣のような平目が天井から吊され、日本の魚市場とはまったく違った風情をかもし出していました。何も買わずに、ただハシャギながら写真を撮っているだけの自分に、いくばくかの後ろめたさを感じます。

路上ではお菓子を売る凛々しい顔立ちの老人と写真を撮り、せめてものお礼にとチップを渡そうとすると「いらない」と断られてしまいました。誇り高きトルコの人々となんでもかんでもチップをせびる一部のアジアやアラブ諸国の人々との違いを思い知らされた瞬間でした。まだまだ書きたいことは山ほどありますが、ひとまずこの辺で一区切りとしましょう。

この旅で私はトルコの西側を汽車、バス、船で約2千8百キロメートルを巡りました。本州の端から端までが約2千キロメートルとすると、とてつもない距離を移動したことになります。

日本に帰った後、すぐにトルコが恋しくなり、カッパドキアとイスタンブールにもう少し長く滞在して、トロイに行かないツアーがないかと探したのですが、なかなかそんなへそ曲がりなツアーは見つかりません。そうこうしているうちにイスタンブールでは観光客がテロに巻き込まれたり、反乱勢力によるクーデターが起こったり、恐ろしい事件が連続しました。

明るく陽気で誇り高き人々の暮らすトルコ。とびっきりの親日の国。一刻も早く、誰もが安全と感じるトルコに戻ってもらいたいものです。本当にカッパドキアの奇岩群とトルコ人のおもてなしは魂に響きますから。

大自然と向き合うポイント

世界はデッカイです。

日本でも確かに「北海道はデッカイドー！」などと感じることもありますが、やはりカッパドキアの巨大なシメジ群や、どこまでも続く万里の長城（中国）、サハラ砂漠の風紋等を見ると、世界は桁外れと思わずにいられません。

このような景色に出会うと、頭のたがが外れて一瞬、馬鹿になります。ため息が出たり、思わず笑ってしまったり、時には涙が出たりします。とても気持ちがいいのです。我に返ってカメラを取り出し、バチバチとシャッターを押しますが、それでいいのです。心も身体もリフレッシュ。それは単なる証拠写真。わずか数分の体験が、魂に根を下ろし、一生忘れられない思い出となるのです。

世界にはそんな場所がごまんとあるのです。行こうと思えばほとんどが行けるところばかりです。それが私を旅行に駆り立てます。老け込んでいる暇はありません。世界はデッカクて小さいのです。

第3章

アンコール・ワットに昇る朝日

10ドルの使い道

世の中には世界遺産の中やすぐ側で暮らす人もいます。

新人ガイドのウォーリヤさんも、アンコールワットのすぐ側で生まれたが、いつも外から眺めていただけで、中に入って遊んだ憶えはないと言っていました。

ああ、東京生まれの東京タワーと同じだな、と私は妙に納得しました。

生まれた時から身近な存在だとすれば、そこにあるのが当たり前で特別な興味は湧かず、おそらくなくなれば寂しいだろうが、あればそれでいい、という感覚なのでしょう。私自身も鎌倉で生まれましたが、多少なりとも神社仏閣に興味を持ち、市内の古いお寺を訪ねるようになったのは東京に引っ越してからでした。

カンボジアが誇る世界遺産のアンコール・ワットは、おそらく世界で最もよく知られた宗教遺跡ともいえるでしょう。サンスクリット語で、アンコールとは都、クメール語で、ワットとは寺院という意味です。

「私はガイドになってから初めてアンコール・ワットに行きました」

そう語るウォーリヤさんは、私が海外旅行で出会った中で、文句なしに最高のガイドでした。20代前半、高畑充希を色黒にして、少々野暮ったくしたような印象。今も元気でいれば40歳近くになっていることでしょう。どんな人生を送っているのか気になるところです。旅の出会いは一期一会。会いたい、もう一度会いたいなあ、と思いますが、それは叶わぬ夢でしょう。旅の辛い経験は時間とともに愉快な思い出に変わっていきます。逆に楽しい思い出にはいつも一抹の切なさが混ざっています。

私がまだ50代の頃ですが、妻と長男とともに「アンコール・ワット3泊滞在・世界遺産の宝庫をじっくり周遊」という長いタイトルのツアーに参加しました。

当時、カンボジアに渡るためには、バンコク(タイ)経由かホー・チ・ミン(ヴェトナム)経由が主流でしたが、この時は一人14万9千円のバンコク経由でした。

カンボジアといえば80年代に公開され、日本でも大ヒットした映画『キリング・フィールド』の内戦と虐殺のイメージが先行し、私がカンボジアに行くと言うと、多くの人が「地雷に気をつけて」と言っていました。

「絶対に人の歩いていない所を歩いちゃいけないよ。地雷はどこに埋まっているか分からないんだから」

そんな言葉を聞いているうちに、私も次第にそら恐ろしくなり、珍しい蝶々などを見つけても、むやみには空き地などに入り込まないようにしようと心に誓いました。

東京(成田)を19時に出発。成田は千葉県でしょ、というツッコミはこの際、置いておいてください。東京（成田）と書くのは旅行会社の慣例なのです。バンコクに23時に到着。市内のホテルにチェックインする頃にはてっぺんを回っていましたが、近所の食堂が開いていたのでタイヌードル、フライド・チキン、お馴染みのトム・ヤム・クンなどを食べました。うーん、本場の味。当たり前ですね。バンコクでの食事は半ばあきらめていたので感激もひとしおでした。お値段は3人で約1000円。この安さがたまりません。

2時頃に眠りにつきましたが、4時半にモーニング・コール。早朝便に飛び乗り、8時50分にカンボジアのシェムリアップの空港に到着。

その瞬間、鋭い眼光のやせたカンボジア人がせっせと働いている姿が目に入り、一瞬『キリング・フィールド』のワンシーンが想い出されましたが、空港の外は打って変わって、いとものどかな光景が広がっていました。

貸し切りバスの窓からは、美しい田園風景が広がり、内戦の傷あとなどはまったく感じられません。池を覆いつくすように淡いピンクや濃い紅色の大輪のハスの花が咲いています。ハスは泥水の中に生まれ、朝日と共に花開き、その時点ではすでに実を付けているという希有な植物で、その根はいうまでもなくレンコンです。私は風格と清楚を同時に兼ねそなえたこの花が大好きで、朝早く（4時半に！）起きた甲斐があったとしみじみ感じました。

ホテルにチェックインしたのが9時半。アンコール・ワットの夕陽を鑑賞するというツアーが始まるのが15時からということだったので、さっそく3人はシェムリアップの街にくり出すことにしました。この街には一つのコンビニと二つの市場と三つの学校があるとの情報。まずは両替からです。ホテルのカウンターで日本から持って行った10USドルを、リエルというカンボジアの通貨に替えようとしたのですが、それだけで小さなホテルはテンヤワンヤの大騒ぎになってしまいました。まず10ドル分のリエルが急には用意できないということでした。「ちょっと待ってください」と人の良さそうなフロントのおばさんが席を外し、リエルの収集に走り回ったようです。約20〜30分後に、スタッフが札束を抱えて戻ってきました。

カンボジアで一番多く出まわっているのが500リエル札(当時のレートで約20円)。ほぼ全額がこのお札で用意され、およそ70枚が手渡されました。ピン札は一枚もなく、すべてが古びた紙幣なので皺っぽく、空気を吸い込み、その分厚いこと。とてもサイフには入り切りません。わずか千円少々で大富豪になったような気分です。なんとかそれをズボンのポケットにねじ込み、ホテルを出ようとすると、フロントのおばさんが妻のネックレスを指差し、外出時はそれを外してくださいと忠告します。こんなのどかを絵に描いたような田舎町でも、ひったくりや強盗は潜んでいるようです。ましてや名所旧跡のある場所には観光客が訪れ、それを狙ってよからぬ連中も集まって来ます。特に現金を持ち歩く日本人は格好のターゲットです。シェムリアップのような小さな町ではめったにありませんが、もっと大きな街では組織ぐるみの犯罪も横行しています。

ひったくり一つでも、注意をそらす人、ひったくる(あるいはこっそり盗み取る)人、それを持って逃げる人と役割分担が決まっていて、悪党たちに一度ロックオンされたら、まず絶対に逃れられません。彼らに目をつけられないようにするためには、①なるべく一人で行動しない。②金目のものを身につけない。そしてなによりも、③ぼんやりしない。

以上の3点に気を配りましょう。

心くばりの国

我々一行はホテルを出て、まずは散歩がてらミネラル・ウォーターの確保のために、コンビニを目指そうということになりました。実際に歩いてみると、この街は自然に恵まれている割には、かなり埃っぽい。地雷が恐いので、道の端はなるべく歩かないようにします。ほとんど人も車も通らないので、道の中央を歩こうと何の問題もなし。行けども行けどもコンビニは見つかりません。そうこうしているうちに、シェムリアップで一番大きいといわれるシティ・ホテルに到着しました。

ホテルの前にはルーモーと呼ばれる、バイクで幌付きの荷台を引っ張る乗り物が何台か止まっていました。私もかなり歩き疲れていたので、とりあえずその中でもっとも人のよさそうな運転手に、声をかけました。

旅先ではどんな人に声をかけたらいいのか、この選択は重要です。

ルーモーのような乗り物は、タイではトゥクトゥク、マレーシアではトライショー、ヴェトナムではシクロ、インドではリクショーと名前を変え、アジアではポピュラーな交通手段の一つです。バイクで牽引するタイプと自分の足で漕ぐタイプがあり、特に動力に頼らない方は、アジアの生暖かい風と、人力ならではのやさしい揺れ具合がなんとも心地良く、お薦めアイテムの一つですが、かなり質の悪い運転手や車夫も少なくありません。先に目的地を聞き、料金も決めずに走り出し、目的地に着いた途端に法外な料金を請求するというケースも目につきます。

旅行中に見知らぬ人に話しかけられたら、大半がお金目当て。でも、中には純粋に親切心で話しかけてくる人もいるので、これがなかなかやっかいです。話しかけられた場合は、すべてシカトという手もありますが、こっちから声をかけなければならない時は、どうしたらいいのでしょう？

そんな時、私は吉川さんの持論を実践しています。

それは、「人は見かけによる」ということです。

犯罪にどっぷり染まった人、観光客をだまし続けてきた人はやはりそれなりの悪相をしています。妙にオシャレな人、警官だと名乗る人も敬遠しましょう。この人、何か怪しい、と感じたら近付かない方が無難です。「相手の顔をしかと見よ」。例外はありますが、これはかなり信用のおけるノウハウです。

私がルーモーの運転手に、コンビニ経由で我々の泊まっているアンコール・テンプル・ホテルまで行くといくらかと尋ねると、リエルの単位ではなく「9ドル」と微妙な数字を提示します。この地ではドルが流通しているようです。

私が「5ドル」と値切ると、運転手は二つ返事で「OK！」。隣で妻が「高い！」と叫びましたが、後の祭り。妻はもっと値切れたのにと言うので、私が「今さらそんなこと言っても仕方がないだろ！」と一喝すると、妻はすっかり気分を損ねてしまいました。私はどうも妻の地雷を踏んでしまったようです。

3人の日本人を乗せたルーモーはゆっくりと動き出し、先ほどの道を引き返して行きます。のどかな田舎町の風は何ともさわやかで心地良く、二人のささくれ立った夫婦の心を静めていきます。

車は小さな民家のような所でストップ。どうもここがカンボジアの人のいうコンビニのようです。私たちはまさかコンビニとは気づかず通り過ぎてしまったのです。

ここは大した珍しいものもなく、ミネラル・ウォーターだけを購入して車に引き返すと、なぜか車は横道に外れ、ひたすら走り続けます。近道とも思えず、一体どうしたことかと不安が胸をよぎりはじめた頃に食堂、屋台、果物屋、雑貨店等のズラリと立ち並ぶ一角に到着しました。どうもサービスで遠廻りをしてくれたようです。私はこういう場所は大好きです。車を降りて、買い物を楽しんでいると、ルーモーのおやじもついて来て、あっちの果物屋に行こうと、私たちを誘導します。そこには果物の女王マンゴスティン、サボテンの実(ドラゴン・フルーツ)、毛むくじゃらの赤いランブータン、ライチ、バナナ、ザボンなどの南国ならではの色鮮やかなフルーツが並んでいました。

3人の端正な顔立ちの女性がキビキビと働いています。

おやじはその中の一人を指さして「シー・イズ・マイ・ワイフ」だと。

そういうことかと思わず笑ってしまいましたね。

せっかくなので、私は世界中で一番好きな果物であるマンゴスティンを15個とバナナを購入。これで1ドル。日本でそれなりのマンゴスティンを食べようとすると、1個300円は下りません。こんなに買えば5千円以上でしょう。それが当時のレートで約140円。

安い、安すぎる！　私はすっかりゴキゲンになり、日本ではなかなか食べられないナマの竜眼を30～40個（4千リエル＝約160円）で購入しました。私たちもおやじもワイフにとってもご機嫌なウィンウィンの一時になりました。

ルーモーはさらに走り続け、いつしか最初のシティ・ホテルの前に到着しました。ちょっと待て、私は自分たちの泊まっているホテルに行ってくれと言ったはずだ。

どうも運転手に悪気はなく、私の英語が下手で、おやじの英語がもっと下手なため、意思の疎通ができず、私たちがシティ・ホテルに泊まっていると思い込んでいたのです。おやじは文句も言わず私たちを、宿泊先のホテルまで運んでくれました。

このホテルはシティ・ホテルより明らかにランクは下でしたが、ベッドサイドの花瓶には毎日、ハイビスカス、キンポウゲ、ランタナ等の南国の花が生けられていて、心をなごませてくれます。

ホテルの近くの食堂で、私たちは昼食をとることにしました。3人が日本人と知ると、食堂のオーナーは、この辺は虫が多いからと足元に蚊取り線香を焚いてくれました。まさにカンボジアは心くばりの国です。

ポークヌードル、すっぱい魚のスープ、牛肉のチャーハン、豚肉のチャーハン、ビーフステーキをオーダー。どれも嫌みのない味で、ドルで払うと全部で3ドルでした。一人1

00円チョイ。こうなると、嬉しいというより「ごめんなさい」という気持ちになります。そこから割り出すと、ルーモーの5ドルは確かに高かったのかも……。

旅のメンバーとさらに仲良くなる方法

今回のツアーに参加したのは、私と妻と長男、初老の斉藤夫妻、服部さんと美人のお嬢さん。中村さん・渡辺さんという名前の若い女性の二人連れ、計9人でした。

3時からツアーのガイドとしてやって来たのが、ウォーリャさんで、この時はまだたどたどしい日本語をあやつる新米の現地人ガイドという程度の認識でした。

アンコール遺跡にはたくさんの見どころがありますが、その中で最も有名なのがお馴染みのアンコール・ワット。12世紀に建てられたヒンドゥー寺院で、現在は仏教寺院となっています。存在感あふれる中央の塔はいくつかの回廊に囲まれ、そこには数百メートルに渡って、山を持ち上げる神様や海をかきまぜる神様、王子と猿の連合軍と悪魔の軍団の戦い、天国と地獄など、様々な壁面彫刻が施されています。

ウォーリャさんは必死に説明してくれます。彼女は常に9本の黒いコウモリ傘を持ち歩いていました。その理由を訊くと「今は雨季なので、いつ雨が降るか分からない。皆の傘を持っています」とのことでした。こんないい人の話はちゃんと聞かなきゃなと思いながらも、私は延々と続く壁面彫刻にだんだん飽きてきました。一つ一つは文句なしに素晴らしいのだけど、こう石ばかり続いてもなあ、という心境です。

私がたまたま近くにいたトカゲの写真を撮っていると、ツアー客の一人、北海道から参加している服部(父・国語教師)さんが「何を撮っているんですか」と尋ねてきました。「トカゲですよ」私が答えると、「いや、私もハ虫類は好きです」などと話を繋ぎます。この人もまた、石に飽きてしまったようです。

パック旅行では参加者同士、比較的簡単に仲良くなれます。

旅行という同じ趣味を持っているのですから、第一関門はクリアです。あとは顔つき、服装のセンス、しゃべり方……自分と合いそうだなと思ったら、さりげなく声をかけてみましょう。「どちらからいらっしゃったんですか?」。とりあえずはこの言葉が無難ですね。他に「この国は初めてですか?」「楽しんでいらっしゃいますか?」「お食事は口に合いますか?」「フリータイムはどちらにいらっしゃいますか?」などの差し障りのない質問を用意しておきましょう。間違っても「安倍政権についてどうお考えですか?」なんて尋ねないように。

仲間ができると、余ったおやつを交換できる、ドリアンのような一人ではとても食べきれないものをシェアする、自由時間にタクシーなどで出かける時に料金を節約できる等々のささやかなメリットが期待できます。まさに「旅は道づれ、世は情け」の世界が待っているのです。ただし、反応が鈍い時は、深追いしない方がいいですね。中には人とあまりかかわりたくない、外国に行ったら日本語を話したくない、道づれも情けも性に合わないという人もいるわけですから。でも、時には、何の気を遣わなくても、服部(父)さんのように相手から話しかけてくることもあるのです。

面白すぎるウォーリャさん

我々一行は回廊巡りをすませ、長くけわしい石段を登り、石ばかりのアンコール・ワット観光はめでたく終了となりました。ここで夕陽を待つのかと思いきや、そうではなくプノン・バケンという9世紀に建てられた高い山の頂上にある寺院に行って鑑賞するのだとここで初めて知り、心が折れました。昇り階段は苦手です。私の好きな言葉は「なだらかな下り坂」と「ぬるま湯」です。

ウォーリャさんは「直線で登ると8分。象の道は15分。象に乗ると15ドル。どれにしますか?」と訳の分からない質問をします。一日中山登りをして疲れ果てていたツアー客は、詳しい説明を聞く気力も15ドルという大金を払う意志もなく、口々にやけくそで「直線8分」とか「トンデモハップン」などとつぶやいています。

私たちはたかだか夕陽を見るためだけに、つま先立ちをするか、足を横にしないと登れないような幅の狭い石段を、ひたすら登り続けました。山の頂上に辿り着くと、そこは沢山の観光客でごった返していました。

さまざまな国の人々が、それぞれの想いを胸に抱き、同じ落陽を待っています。美しく巨大な夕陽が西の空を黄金色に染め、ゆらめく地平線に沈む……となれば文句なしだったのですが、物事はそう上手くは運びません。天候に恵まれず、雲が厚すぎたため夕陽は断念。とぼとぼと疲れた足をひきずりながら、帰途に着いたのです。

アンコール遺跡群はたくさんの見どころがあり、3日目の午前中はアンコール・トムを見学。アンコールはすでにお伝えしたように都という意味で、トムが大きい。つまり大きい都で、アンコール・ワットよりスケールが大きいようです。

アンコール・ワットは「カンボジアの誇り」、アンコール・トムは「カンボジアの微笑み」と呼ばれています。このエリアの一番の見物はなんといっても石でできたデカい顔。2メートルを超す、胴体のない顔だけの観世音菩薩が、千年近くの時を超え、そこかしこで微笑んでいます。それはまるで宇宙に浮かぶ石の顔のようで、『キリング・フィールド』というより『バンデッドQ』のようなSFファンタジーの世界に迷い込んでしまったようです。この観音様は日本と比べると目がパッチリ、鼻が大きく、唇が厚く、いかにも南国風におおらかで陽気に仕上がっています。

いくつかの遺跡を巡った後、フリータイムには遺跡以外の写真を撮ったり、売店で冷たいコーラを飲んだり、服部(父)さんとハ虫類談義に花を咲かせたり、気ままに過ごします。

シェムリアップで遺跡に負けないほど目立ったものもあります。

それは睡蓮、牛、黒いニワトリ……そして、何よりも子供たち。おびただしい人数の子供たちが、時には全裸で、時にはわずかな布きれで身を包み、遺跡と遺跡の間に、何をするでもなく、ただ転がっています。親らしき姿はまったく見当たりません。2～3歳の可愛い女の子が、赤いスカート1枚だけの半裸の姿で、まっすぐにこちらを見つめています。その腕には金色のブレスレット、耳にはピアスが輝いています。野生児なのかオシャレなのか分かりません。

シェムリアップでは、牛と鶏と子供はすべて放し飼いでした。

私は最初、ガイドのウォーリャさんは真面目でいい人だけど、少し退屈だなと感じていました。ところが、この人の話を聞いていると、そこはかとなく可笑しいのです。

たとえば……。

「カンボジア人は日本茶と紅茶とウーロン茶の区別がつきません」(本当かっ!)

「街で売っているペットボトルに入った赤いものは絶対に飲まないでください。ガソリンです」（誰が飲むかっ！）

「アンコール・ワットに地雷はありません」（信じていいのか？）

「名前を呼びます。斉藤さま、島さま、服部さま、中村たち！」（呼び捨てかいっ！）

どうも夫妻、家族には「さま」をつけ、それ意外の複数のグループは「たち」を付けるものだと思い込んでいるようです。私の後ろの席にいた当の中村たちはひっくり返って笑っていましたが、ウォーリャさんは我関せずと平然としています。いろいろな話も聞かせてくれます。

「私のお父さんは公務員で、給料は月80ドル（当時のレートで1万1200円）。私の給料は60ドル（8400円）ですが、ベテランのツアーガイドは1日15ドルもらえます」

ウォーリャさんはなんでも正直にカミングアウトしてしまいます。それにしてもベテランのツアーガイドは月に20日も働けば公務員の3〜4倍、新人ガイドの5倍は軽く稼げるわけですね。

昼食後、例によってたくさんの傘を抱えたウォーリャさんに連れられて、「タ・プロム」という寺院に向かいました。寺院も壁のレリーフにも伝統と歴史を感じますが、ここで素晴らしいのは植物の力なのです。巨大な榕樹（ガジュマル）や時にはローソクの木の根が寺院にからみつき、締めつけています。寺院は植物の力に、いまにも押しつぶされそうになりながらも、かろうじてその体裁を保っています。これは実にとんでもない光景で、その圧倒的なスケールと独自性において、他の追随を許さず、撮影スポットとしてはアンコール・ワット以上ともいえます。

フランス人はこの木の根が溶けたチーズに見えるらしく、フロマージュ（チーズ）の木と呼んでいるそうです。日本人とフランス人とではどうも感性のツボが違うようですね。チーズじゃないだろ、チーズじゃ！

タ・プロムで写真を撮りまくった後、「プレ・ループ」というピラミッド式寺院にやって来ました。ここはこぢんまりとした寺院ですが、この最上部からの眺めは素晴らしく、茶色の小路と背の低い深緑色の草の生えた大地が光っています。

少年たちが牛の背にまたがり、ロデオの真似事をしています。半裸の女の子たちが草をつみ、藤のカゴに集めています。ウォーリャさんに訊くと、サラダや炒めものにするとのことでした。カンボジアの子供たちは、不幸な内戦の歴史をまったく感じさせることなく、目を輝かせ、いきいきと過ごしていました。

私はどうも遺跡より、今生きている人たちや、動植物の方が気になるようです。

朝日とサソリ

いよいよシェムリアップでの最終日。

観光の目玉であるアンコール・ワットに昇る朝日を鑑賞するのです。夕陽が見られなかった分、期待は高まります。モーニング・コールは当然日の出前。4時30分。ピックアップは5時でした。

ここでもウォーリャさんは絶好調でした。

「私が初めて朝日を見るツアーのガイドをした時は、朝起きられるかどうかが心配で心配で、なかなか眠れませんでした。うとうとして、ハッと飛び起きて時計を見ると、まだ真っ暗で、夜中でした。もう一度うとうとして、飛び起きても夜中でした。その次に目を覚ますと太陽はもう頭のテッペンでギラギラ輝いていて、びっくりしました。どうしようかと思ったら、それは夢で、まだ夜中でした。それからはもう寝ないことにして、時間がくるのをベッドに座って待っていました」

ただたどしい中にも、切なさと感動とバカバカしさの混じったなんともいえない語りが、心に染みます。こうやって一所懸命に生きている人って可愛いなァ、と思わずにはいられません。

アンコール・ワットの片隅に腰を下ろし、じっと夜明けを待ちます。たくさんの人がいるのに、あたりはシーンと静まり返っています。鳥も獣もまだ眠りから目覚めていません。暗黒の闇の中にかすかな光が差し込み、空が群青色に変わっていきます。雲の端がほんのりと赤くなってきました。

その時、私の前に誰かが息を切らして駆け寄って来ました。ハ虫類好きの服部（父）さんでした。

「島さん、サソリを見つけました！」

私は思わず「えっ！」と叫んで立ち上がりました。生まれて一度も自然界でサソリに巡り会ったことはありません。

私は服部さんのあとを追い、お堀の畔まで行くと、本当にいました！

体長が10センチほどの黒光りするサソリが水中から這いだし、太古の石段をゆっくりと登って来ます。そのハサミには水中の藻のようなものがからまっています。ハサミがしっかり見たいので、それを取り除こうかと思いましたが、刺されてはいけないと、すんでのところで思い留まりました。ウォーリャさんはこのへんのサソリは刺さないし、刺された人は見たことがないと言います。「それなら触ってもいいね」と手を伸ばすと、「ダメです！」と必死に制止します。やっぱり面白い人です。

私はハサミはあきらめ、様々なアングルからサソリを接写しました。カンボジアの神々や花の彫刻と同じフレームに納まるサソリのフォルムは、私にとってこの上もなく荘厳で美しいものでした。

フラッシュを焚かなければ写らなかったサソリが、自然光で写るようになってきました。いい感じです。でも、ということは……私は焦って東の空を見上げました。

朝日はすでに昇っていました。

アンコール・ワットまで来て、夕陽も朝日も見ぬままに旅は終盤を迎えました。

フリータイムとなり、ウォーリャさんの「屋台の食事は止めた方がいい」というアドバイスを無視し、街の屋台で朝食をとりましたが、私の頼んだヌードルの中に1匹のハエを発見。食欲は激減するも、ハシでハエをよけながら半分ほど食べ、早々に退散しました。

9時からはバンテアイ・スレイに向かいました。この「女の砦」という意味の寺院には「東洋のモナリザ」と呼ばれるレリーフがあります。ここに到着するまでは小型バスで約1時間。ウォーリャさんがマイクを通してボケまくります。いや、本人はまったくボケているつもりはないのですが、とりあえず話を聞いてみましょう。

「カンボジアには悲しい歌が多いです。私は『×××(カンボジア語)』という歌が好きです。日本語の題は『私はフラれる恐れがある』です。私は毎晩、壁に向かって歌っています」

なぜ壁に向かって歌うのか……前の席の斉藤夫妻の肩が小刻みに揺れています。懸命に笑いをこらえているようです。

「私は日本の歌も大好きです。知っている人は一緒に歌ってください……。

♪上を向～いて、歩こ～う、涙がこぼれ～ないよ～～に……」

斉藤夫妻の肩がさらに激しく揺れはじめました。私も一緒に歌ってあげたいのですが、今、坂本九の『上を向いて歩こう』を歌う気分にはとてもなれません。隣の席では開き直った服部(父)さんが大声で一緒に歌いはじめました。この人はいい人だ。私は確信しました。私たち夫婦はただうつむいてこの歌が終わるのを、じっと待っていました。

バンテアイ・スレイは「カンボジアの魅力」と賞され、赤砂岩、または紅色砂岩と呼ばれる素材で作られ、薄茶ともオレンジ色ともいえないシャーベット・トーンを基調にして、そこに薄いグリーンの苔が生え、まるで夢の世界に迷い込んだような気持ちにさせてくれます。東洋のモナリザと呼ばれるデバター（女神)像は彫りが深く、他の神々の像よりも洗練された印象を受けます。石には少々うんざりしていたのですが、この優美な像はいつまでも見飽きず、私の心を穏やかにしてくれました。

売店にはなぜか一匹の小さなキョン(鹿の仲間)がいます。一体なんのためにこんなところに……穏やかになったばかりの心が湧き上がる疑問でかき乱されます。

湖のアトラクション

トンレサップ湖は東南アジア最大の湖で、乾季でも琵琶湖の45倍。雨季にはメコン川の水が逆流し、その3倍にふくれ上がり、水没した木々に魚たちが卵を生み、乾季には世界で最も魚密度の濃い水域になります。ここにはたくさんの人々が水と共に暮らし、小学校、病院、警察もすべて船の上です。バンテアイ・スレイ観光の後、行程表には「トンレサップ湖、オールドマーケット観光」とありました。どういう観光をするのかまったく知らなかったのですが、湖に到着すると、貸し切りの船が私たちを待っていて、これに乗って湖を周遊するのだと言います。

これがパック旅行のありがたいところで、何の計画も立てなくても、次から次へと旅行会社の提供する盛り沢山の企画が待ち構えているのです。ツアー客はただそれを甘受すればいいのです。

石に疲れた私の心を、オークル系、悪くいえば泥の色の湖は優しく潤してくれます。

私たちが、水上生活を営む人たちに手を振ると、大人も子供も例外なくはにかんだ笑顔で手を振ってくれます。ひねもすのたりのたりかな、と船の上でくつろいでいると、船は2羽の黒いペリカンのような鳥のいる水上の休憩所に近づいていきます。

休憩所に下り立つと、そこのオーナーらしき人が生け簀にエサを捲きます。突如、おびただしい数の巨大なナマズが顔を出し、バシャバシャとエサを奪い合い、荒れ狂います。ちょっとしたナマズ・ショーです。オーナーはこのナマズは1匹1ドルで売れると自慢していました。頭の毛を逆立てた小さな猿が現れ、私の持っていたペットボトルをひったくります。白いワンピースの可愛い女の子がその猿をつかまえ、ペットボトルを取り返してくれました。それを見ていた少年が、巨大なニシキヘビを担いでやって来て、私の肩にかけてくれます。これはやっぱり一種のサービスなのでしょう。私はたくさんの写真を撮り、お礼の気持ちを込めて、コーラ、お菓子などさほど必要もないと思われるものもせっせと買い込みました、とはいっても合計で2〜3ドル。一人10ドル出してもいいアトラクションなのですが。

湖を楽しんだ後は、バスは全裸・半裸の子供たち、野を駆けるアヒルの大群、服のまま川に全身を浸かり、黄色っぽい半透明の砂をバケツに集めている女性等、日本ではお目にかかれない光景を写し出し、オールド・マーケットを目指して走り続けました。そして、辿り着いたのは、何と私たちが最初にルーモーで行った所でした。私はそこで「アラン・ドロン」という名前のタバコ、カンボジアで流行っているという曲のCD、焼きバナナ（蒸した芋のような味）を買いました。そうこうしているうちに、トイレに行きたくなり、ウォーリャさんにその旨を伝えると……。

さあ、ここからが問題です。そのとき、若き女性ガイドはどう答えたでしょう。
①どこでもそのへんでしてください。
②肥料になるので畑にしてください。
③私の家に行きましょう。
答えの見当はつきましたか？　はい、正解は③です。

何とウォーリャさんは「私の家が近くにあるから行きましょう」と言ったのです。四方を白い壁に囲まれ、床は青いタイルのガラーンとした不思議な家でした。ウォーリャさんはこの壁に向かって毎晩「私はフラれる恐れがある」を歌っているのでしょうか……？

シェムリアップに別れを告げる日がやって来ました。空港ではウォーリャさんが微に入り細に入り出国手続きの方法を教えてくれます。自分はターミナルの中に入れないからと、空港の外側からいつまでも私たちを見守っています。まるで根が生えたようにその場を動きません。ウォーリャさんの姿が見えない所までやって来ると、なんだか妙に切なくなってきます。空港の係員も明るく親切で、水とバナナという前代未聞のサービスをしてくれました。すべての手続きを終えて出発ロビーに入ると、そこはガラス張りの部屋で、外がよく見えます。ガラスの向こうではなんと、ウォーリャさんが必死に手を振っていました。

「まだいたんかいっ！」

最後の最後までツッコませてくれました。

私と息子は爆笑し、妻は涙ぐんでいました。ありがとう、ウォーリャさん、ありがとうカンボジア。この国がどうかいつまでも平和でありますように……。

我が家では海外旅行から帰った後、それぞれが旅行の印象のベスト10を発表します。1位が10点、2位が9点、3位が8点……10位が1点と計算して、総合の部ベスト3は、
①ガイドのウォーリャさん。
②トンレサップ湖。
③アンコール・ワット。
の順となりました。

いわばこのランキングは私にとって大切な旅行遺産のようなもの。

世界遺産よりも一人のうら若き女性や湖の印象の方が強かったのです。

旅行をすると形のあるものやないもの、写真に残せるものや残せないもの、日常生活とかけ離れた様々なものに巡り逢います。

誰もが認める世界遺産が素晴らしいのはもちろんですが、それ以上の感動に巡り逢うこともあるのです。だから、旅は止められません。

旅の出逢いのポイント

ウォーリャさんとは一期一会のお付き合い。

この先、おそらく会うこともないでしょうし、会ってもお互い分からないでしょう。それでもウォーリャさんは私の心に住みついているのです。

旅行好きは人間好き。旅行をするということは人と触れ合うことです。ましてやパック旅行では団体行動が基本なので、他人とコミュニケーションの取れない人や時間の守れない人はまずいません。その上、同じツアーに参加しているわけですから、生活レベルも近く興味が合う場合も多く、すぐに仲良くなれます。

1989年にバンコク(タイ)旅行で知り合ったO君とF子さんはすっかりいいムード。1年後にはめでたく結ばれました。結婚披露宴の司会は私が担当しました。同じ頃バリ島で親しくなったY子さんからは、30年が経過した今でもヴァレンタイン・カードが届きます。2年前、チュニジアで知り合ったA君とは、私がツッコむと、実にいい感じにボケるので、すっかり意気投合。A君は、吉川さんの記述の中に意外な形で登場しましたね。「縁は異なもの味なもの」とはよく言ったものです。

パック旅行は、仕事のしがらみとも利害関係とも無縁な友だちを作る絶好の場所でもあるのです。何日も一緒に行動し、食事を共にすれば、自分と気が合うかどうかはおよそ見当がつきますからね。

第4章

インド、正味4日間で8つの世界遺産を巡る!

寸暇を惜しんで観光する

ひなびた旅館でのんびりと温泉に浸かって疲れを癒し、英気を養う。

そりゃいいに決まっていますが、外国ではなかなか実践ができません。テルマエ・ロマエの例を取るまでもなく、国によっては、有名な温泉もありますが、まったりとお湯に浸かっていても、いつしか心がゾワゾワしてきます。

こんなにくつろいでいていいのだろうか……?

どんな日本人でもエコノミック・アニマル、貧乏性、島国根性と無縁ではいられません。特に私の場合は極度の貧乏性なので、お金を払っているんだからもっと楽しまなきゃ、どこかに行かなきゃ、何かを見なきゃとアセり始めます。浴槽から飛び出し、ホテルのフロントで地図を入手し、お薦めスポットを尋ね、日本から持っていったガイドブックと睨めっこをします。そして、街に繰り出して行くのです。

日本人はあくせく働き、あくせく遊ぶのです。

私のベッドの枕元には「死ぬまでにやりたい10のこと」というメモが置いてあり、そこには「ガラパゴス諸島でイグアナと戯れる」「20世紀に見たすべての映画のプログラムを集める」「新鮮なマンボウを食べる」などと並んで「タージ・マハルに行く」とありました。

私は建造物や美術品にはあまり興味が湧かないのですが、なぜかこの白い大理石のお墓だけは別格で、どうしても見てみたいと思い続けていたのです。

２０１４年の春、私は「全日空で行く人気の３都市を巡る旅・ぐるり満喫インド６日間」というパンフレットを見つけました。キャッチ・コピーには「H．I．S．アジアツアー最多！タージ・マハルを含む８つの『世界遺産』観光付き！」とあります。インド６日間ということは飛行機に乗っている時間をのぞくと、正味４日間。２日目に二つ、３日目に三つ、４日目に二つ、５日目に一つの世界遺産を巡るというのけぞりそうな日程です。そりゃいくらなんでももと思う反面、これぞ日本人ならではの観光旅行という気もします。欧米人は旅先のプールサイドに寝ころんで、日がな一日、本を読んでいたりしますから。優雅といえば優雅ですが、私に言わせれば「本なんて自分の家で読め！」ですよ。

旅行代金は11万９千円。５月20日出発だとサーチャージ込みなので、一日３万以内という私の基準を満たしています。私は、まさかあんなとんでもない目に遭うとは露ほども思わず、思い切ってこのツアーに参加を決意しました。

一概に「インド人は～」などと一括りにすることはできませんが、それにしてもインド人は、日本人と比べるとやっぱり全体的に「濃い」です。姿形も性格も濃く、その上、しつこい、ねちっこい、はしっこいという三つ「こい」が加わります。しかも料理は油っこい。人間関係で心が疲れ、カレー料理で胃が疲れ、身も心もクタクタになります。そこに持ってきて暑い。インドの季節はホット・ホッター・ホッテストの三つ。というジョークがありますが、その刺激がまた病みつきになるのです。

パンフレットにある人気の３都市とはデリー、アグラ、ジャイプールのこと。インドのゴールデン・トライアングルと呼ぶ人もいます。

２日目の早朝、デリーのホテルで朝食。当然、朝からカレー。インドでは、いつどこでどんなカレーを食べても、日本の人気カレー店より美味しさは２～３割増。やはり伝統と素材の新鮮さが物をいっているのでしょう。

ツアーは10時からなので、例によって早起きをして朝の散歩に出かけました。美しい花が咲き、ゴミが散乱しています。牛がのんびりと散歩をし、早くもインドの混沌と雑踏を見せつけられます。馬のイラストの描かれた珍しいタバコ（２００ルピー＝４００円）とマンゴー２個（80ルピー＝１６０円）を買って、ホテルに戻ります。

現地ガイドは誇り高きシーク族のシングさん。最近ではスィク族、シク族と表記されることが多いのですが、私としては昔ながらのシーク族と呼びたいですね。

ツアー客は何と私と妻の二人だけ。わずか３人の小まわりの利くような、息苦しいようなパックになってしまいました。これで採算が取れるのか、我々二人だけでシングさんの日当を賄うのか……余計な心配をしてしまいます。

まずは世界遺産のフマユーン廟。タージ・マハルの原型ともいえるイスラム建築の傑作ですが、その色はタージ・マハルのように純白でなく、茶系で統一されています。シュークリームに対するエクレア、淑女に対する紳士、シラサギに対するゴイサギのようなものです(少し違うかもしれません)。

インドの色と味

インド門(インド兵士の慰霊碑)から、ツアー会社の用意したリクショーと呼ばれる自転車の引く荷台に乗って、レッドフォート(赤い砦)に向かう。このリクショーは、日本の人力車から誕生した言葉だそうです。隣を走るオートバイには運転手の他に赤ちゃんを抱いたお母さんと二人の子供。計5人が乗っていました。二人乗りでさえ厳しく禁じられている日本人としては激しいカルチャー・ショックを受けてしまいます。

インドのトラックの後方には必ずといっていいほど「BLOW HORN PLEASE」と書いてあります。日本語に訳せば「クラクションを鳴らしてください」ですが、何を言いたいのでしょう? シングさんによると「クラクションを鳴らせば道を譲りますよ」という意味だそうです。謙虚な姿勢なのか、または「クラクションを鳴らさなきゃどかねえぜ!」

という傲慢な態度なのかは、日本人の私には計り知れません。

延々と続くレッドフォードの城壁は赤砂岩と呼ばれる素材で作られ、そのスケールと重厚な色合いには思わず目を見張りますが、インド人の見物客からも目が離せません。ジャイプールで見かけた女性は老いも若きもほぼ全員がサリーを着ているのです。その色はオレンジ、ピンク、パープルと実に色鮮やか。中には赤と緑というような、いわゆる補色を思い切ってコーディネイトしている人も少なくありません。一部の少数民族をのぞいて、インドの女性ほど民族衣装に固執する人々を、私は知りません。カラフルな女性と美味しい料理は、常に私たちの目を楽しませてくれます。

昼食はタンドリー料理で、タンドリー・チキン、山羊のシシカバブ、焼きチーズ、グリンピースとマッシュルームのカレー、小さな玉ねぎのアチャール（漬物）で、どれ一つ、外れはありません。カレーはナンにつけて、またはニンジン、グリンピース、玉ねぎ等、野菜のたっぷり入ったサフランライスにかけて食べます。ピラフのようなライスに、スパイスをふんだんに使ったカレーをかけて食べるのですから、味は二重にも三重にも深みを増し、日本人の想像を越えた複雑な味となります。

海外旅行の楽しみは目から始まり、舌に終わるのです。

昼食後は、デリーからアグラまで２００キロの道のりを、ドライバーを含めてわずか４

人を乗せた小型バスが走ります。5時間半をかけてアグラに到着。すぐにホテルには行かず、土産屋に連れて行かれます。これが安いツアーの悩ましいところです。

妻は色鮮やかなパシュミナ（カシミアの高級品）で編んだショールを2枚1500円で購入。何しろ観光客は我々二人だけなので逃げ場がないのです。

アグラのホテルの夕食はチキンカレー、ダール（豆）カレー、茄子カレー、サグ（ほうれん草によく似た野菜）カレーと、カレーのオンパレード。ナン、チャパティ（パンのようなもの）、インド独特のヌードルと共に食べます。この食事を含めて、インドでの食事では朝、昼、晩とカレーを連続で16回食べ続けました。この国ではカレー料理という感覚はなく、どの料理にも様々なスパイスが調合されているので、一部の肉料理、漬けもの以外のおかずは、すべて日本人のいうカレーなのです。

アジアの戦い

3日目も朝の5時には飛び起きて、シャワーを浴び、着替えをすませ、ホテルの食堂に飛び込んでカレーを食べ、一目散に出かけます。決められた時間の中で、どれだけたくさんの体験ができるかの勝負です。ところが、ホテルの敷地から一足外に出た途端、象の置物を持った男が私に向かって突進。「これを買え」と追ってきます。安っぽいアクセサリーを持った男も近寄ってきます。

ようやく振り切ったと思うと、リクショーの運転手が「どこへ行く?」と声をかけます。「タージ・マハルだ」と答えると、「これに乗って行け」と手招きをします。ホテルの前に停まったバスを指差し、もうすぐあれに乗るところだからと断ると、「いいから乗れ」。君には理屈が通らないのか、もう交通手段は整っていると言っても「いいから乗れ」とどこまでもしつこい。逃げれば追いすがる。その周りをまた物売りや客引きが取り囲み、執拗にアタックをくり返します。うざったい。気が散る。これでは落ち着いてアグラの街を楽しんだり、アングルを考えて写真を撮ったりできるわけがありません。

結局、私と妻はその場から一目散にホテルへ逃げ帰りました。

8時にシングさんがやって来て、私たちをピックアップ。「せっかく素晴らしい街なのに、物売りがうるさくて散歩もできなかった」と愚痴ると、シングさんも「それがインドのいけないところ」とひどく憤っていました。

シーク族のシングさんは、宗教上の理由から、生まれてから一度も髪を切ったこともヒゲを剃ったこともないそうです。シーク教は人間の平等を唱える比較的温和な宗教で、頭に白いターバンを巻いた日本人のイメージ通りの「インド人もびっくり!」系のスタイルを貫いています。シングさんのターバンの長さは約8メートル。起きてから長い髪をまとめて、長いヒゲの手入れをして、長いターバンを巻くと、それだけで約2時間。シーク教じゃなくて良かったと思わずにはいられません。

バスでタージ・マハルに向かう途中の交通事情も想像を絶するもので、道路にはトラック、自家用車、タクシー、リクショー、バイクで牽引するオートリクショー、自転車など、あらゆる乗り物があふれかえり、そこを人間が自由気ままに行き来しています。人間だけならまだしも、牛や犬も歩いています。牛などは神さまの化身のような扱いを受けているため、堂々としたもので、人や車に気を遣う気配はありません。

私たちの乗ったバスが渋滞に巻き込まれて止まっているときは、カゴを抱えた少年が近づいて来て、そのフタを開けて、窓越しに見せてくれます。中からコブラが現れ、鎌首をもたげます。面白いといえば実に面白いのですが、喜んで写真に撮ったりすると、「お金をくれ!」と言うに決まっています。1ドル、2ドルで片が付くならかまわないのですが、どんな法外なお金を要求するか分からないので見て見ぬ振りをします。

アジアの多くの国々では、何をするにもまず話を成立させておかなければ、あとで面倒なことになります。何がやっかいといって、この「交渉」ほどやっかいなものはありません。物売り、乗り物、パフォーマンスなどは無視を決め込めばいいわけですが、問題はほしいものがあった時。値札などは絶対に付いていません。2割、3割と上乗せしてくれる分にはかまいませんが、お店によっては適正価格の10倍、20倍と平気で吹っかけてくることもあります。

たとえば気に入ったシャツがあるとします。日本で買えば4千円前後というイメージ。「これ、いくらですか?」と尋ねると店員（おそらくオーナー）は、こちらの顔、服装をチェックした上で「1万円」などとほざきます。話にならないので、帰ろうとすると「待て、いくらなら買う?」と声をかけてきます。ここで「3千円なら」と答えたら、勝負は負けです。相手は「そりゃ無理だ、せめて9千円なら」と渋い顔で答えます。「帰ります」「これは100%シルクで最高級品、あなたには特別に8千円でお譲りします」「いや、そんなにお金を持ってないし」「では、（わけの分からない民芸品を取り出し）これを付けて8千円」「急いでいるから、もう帰ります」「分かった、ではこれがラスト・プライス、7千円!」、多くの日本人はここで思わず「じゃ、4千円なら!」と口走ってしまいます。「6千円!」「高い!」「安いです」「さようなら」「じゃ、6千円にこれを付けましょう!」「いや、4千円!」……などとやっているうちに20分、30分が経過。貴重なフリータイムが加速度をつけて失われていきます。「帰ります!」と席を立つと、その背中から「分かりました。あなたには負けました」の声。立ち止まると、「じゃあ、5千円で手を打ちましょう」「4千5百円なら!」「オーケー!」店員は満面の笑みを浮かべ、商品を梱包します。

4千円以上は出さないと決めていた私も、この程度ならいいかと納得し、店を出ようとすると、店員は「こっちのワイシャツも4千5百円でどうですか?」。私は逃げるようにその場を立ち去ります。

ツアーに戻り、現地ガイドに、店員から1万円と言われたのを、4千5百円まで値切って買いましたと報告すると、ガイドは顔をしかめて「私の友だちの店なら同じ物を千円で売ってます」。

アジアでは一事が万事、この調子。本当にクタクタになります。いきおい観光客は、旅行会社と提携した免税店で買い物をすることになります。無難ではありますが、市井のお店より遥かに高く、庶民の生活には無縁なものばかりが目立って、私にはあまり面白味を感じません。

ここはじっくり腰を据えて、買い物アドベンチャーを楽しみましょう。相手がどんなに吹っかけてきても、最初は自分が買ってもいいという値段の半値以下から交渉を初めて下さい。相手はしたたかな商売人。生活がかかっています。バカンスでやって来た旅行者に勝ち目はありませんが……。

夢のタージ・マハル

アグラの街の喧騒を抜け、バスは１９８３年に世界遺産に認定され、世界で一番美しい建造物と謳われるタージ・マハルのある庭園の入口に辿り着きました。

敷地内は様子が一変。木々には色鮮やかなインコが羽を休め、大型のテナガザルが青いベンチにふんぞり返っています。赤砂岩で造られた外壁がタージ・マハルと外界を隔てています。正門をくぐると突然、広々とした幾何学的な緑の庭園の向こうに、朝の光を浴び、純白に輝くタージ・マハルが姿を現します。恐ろしいほどのシンメトリック。一瞬、すべての音が消え、時が止まります。騒々しい街の渾沌が過去の物となり、静寂と秩序があたりを支配しています。

ムガル帝国の皇帝が、こよなく愛した妃のために建てた白い大理石の巨大なお墓。その無垢な美しさと優しさにあふれた佇まいが、私の胸に染み込んできて、思わず涙が溢れそうになってきました。私はどちらかといえば涙もろい方ですが、さすがに建造物を見て、こんな気持ちになったのは初めての経験でした。

物売りやリクショーの車夫にさんざんつきまとわれ、インドの街にうんざりしていただけに、この対照的な空間が心に染みたのかもしれません。インドに来て本当に良かったと心から思う瞬間でした。

タージ・マハルは遠目に良し、近づいて良し。正面、側面、裏側もどこも美しく、絵になります。白い大理石の壁面にはシンプルな彫刻が施され、かすかな陰影を作りだしています。入り口は男女別になっていて、簡単な荷物チェックを受け中に入ると、すぐに係員が飛んできて、周りのインド人を追い払い、私たちだけを案内してくれます。周りの壁面を懐中電灯で照らすと、ラピス、メノウ、孔雀石などの宝石が、その光に反射して輝き始めました。

係員は説明を終えると当然のようにチップを要求してきました。

この白い夢のような世界ですらやはり微妙にうさんくさいのです。

タージ・マハルを後にして、出口の方に進んで行くと、白い石畳の道を、素朴なムードの老人の操る2頭の牛に引かれた牛車が通りかかりました。写真を撮ろうとすると、先人はわざわざ牛車を止めて、撮りやすくしてくれます。そして、もちろんチップを要求する。インドはどこまでもインドでした。

日本人はチップというシステムに慣れていません。

慎ましやかな日本人にはおもてなしや心遣いをお金に代えるというマインドが希薄ですが、海外ではサービスには対価が生まれるという考え方が主流です。親切にしてもらったといって、お金を渡したりするのは失礼じゃないか、と勘ぐったりしますが、海外では渡さない方が失礼な場合もあります。むつかしいのはその金額。少なすぎれば後ろ指をさされますし、多すぎてもなめられます。

荷物を運んでくれた、写真撮影に協力してくれた、パフォーマンスを披露してくれた等々には、1ドルを目安にすれば無難です。現地の生活レベルもありますので、現地ガイドのアドバイスを受けるのもいいでしょう。

旅行会社が用意したレストランでは必要ありませんし、アジアにはほとんどチップの習慣はありませんが、欧米諸国では個人的に食事をしたなら、消費税のつもりで代金の8％くらいは、ボーイに渡しましょう。特にサービスが良かった場合はその倍。郷に入っては郷に従え、です。スムーズにチップが渡せるようになれば、また違った景色が見えてきます。ただし、見慣れない海外のお金は、桁を間違えることがままありますので、くれぐれも注意してください。

象の背の戦い

タージ・マハルの次に訪れた世界遺産のアグラ城では、重厚な赤砂岩の城壁に囲まれ、まるでスペクタクル映画の世界に入り込んだような気持ちになりました。

5種類のカレーを食べ、大理石工場を見学後、オートバイの牽引するオートリクショーに乗り、世界遺産のファテープル・スィークリーに向かいます。ここは広大な城跡で、柱1本を見ても実に重々しく、なおかつ巧妙にできていますが、朝起きて、昼過ぎまでに三つの世界遺産を見学しているため、ありがた味は半減です。

昼過ぎにはこの日の観光は終わり、私たちはオートリクショーからバスに乗り替え、ジャイプールを目ざします。バスは約5時間ほど走り続けましたが、窓から見える地元の女性の大半が原色のサリーを着ているので、退屈はしません。インドでは特に年令層が上がれば上がるほどサリーの率が高まり、色も派手になっていくような傾向にあります。トイレ休憩の時には、入口に濃いメークの7~8歳の少女が立ち、楽器演奏に合わせて腰をくねらせ、野生の獣のような鋭い眼光をこちらに向けます。

私は慌ててポケットに手を突っ込み、小銭を探します。インドは良きにつけ悪しきにつけ、スリルに満ちています。

インド旅行で大切なものは、勇気と小銭と丈夫な胃袋なのです。

ジャイプールの郊外にある世界遺産のアンベール城は、丘の上にそびえ立つ巨大なお城です。丘のふもとから歩いて行くことも可能ですが、観光客は名物の象のタクシーを使うのがお約束です。象のタクシー乗り場は階段の上にあり、下を見渡すと、荷台を乗せた象がうじゃうじゃといます。私はかつてうじゃうじゃといるヒヨコやわらわらといるタイワンリス等は見たことがありますが、巨大な象のうじゃうじゃは初めてで、それはそれはシュールな光景でした。

象に乗っても、歩いても、どちらでもアンベール城までは約15分。「象のタクシー」は900ルピー（約1800円）でお城の入口まで連れて行ってくれます。象使いは全員が赤いターバン型の帽子をかぶっています。色取り取りの美しい化粧を施されている象もいて、観光地ならではの華やかなムードが漂っています。

象のタクシーに乗る前にシングさんは、象が歩き出したら写真を撮る人がいますが、後で面倒くさいことになりますから、カメラを向けられたら後ろを向いてくださいと、真顔でアドバイスをします。

私と妻は象の背中に揺られて、ゆったりのんびり……では、全然ない！

しつこい物売りが、しょうもない土産物を売りつけようと、我々を乗せた象に付きまとい、品物をかかげ、大声を張り上げる。さらに下から人の足をつついたり、引っぱったり。実に危ない。目を合わせると、脈ありと思われるのであらぬ方向を見つめていなければならず、カメラのシャッターも押しづらい。そうこうしているうちにどこからともなくカメラマンが近づいてきて「ハイ、ポーズ」というようなことを叫んでいます。さすがに後ろを向く気にはなれなかったので、中途半端な表情で写真に収まる。カメラマンは執拗にシャッターを押し続けています。

象のフンだらけの道を、小判鮫のような物売りを従え、象はエッチラオッチラと登って行きます。10分ほど象に揺られると案の定、アルバムを持った中年男が我々の前に現れました。今回の旅行では通常より写真の数が少ない。いつも人々に囲まれ、何かを要求されているので、なかなか落ち着いて撮影に没頭できないのです。そう考えると、象に乗っている写真にも未練が残ります。見るだけ見てみようと、中年男からアルバムを受け取りました。

その中にはハガキよりもひと回り大きい2Lサイズの、今撮ったばかりの写真が8枚も収まっていました。どの写真も同じような写真です。いくらかと尋ねると、日本語で「5千円！」と叫ぶ。5千円とはまた吹っかけたものです。いくらこちらが「高いよ！」と言っても負ける気配はありません。それでは仕方がないと返そうとすると、どうしても受け取らないのです。一度受け取ったら返品はできないということらしい。それにしてもこの値段は法外だ。中年男は一歩も譲らず怒ったような顔で5千円、5千円とわめき続けています。

さすがに私もカチンときて、そのアルバムを地面に向かって思いっきり投げ棄てると、中年男はそれをはっしとナイスキャッチ。そして「3千円！」と一声。

この変わり身の早さに思わず笑ってしまいそうになりましたが、それでも高い。1枚100円くらいまでなら出してもいいかなと思い、もう一度アルバムを手にして400ルピー（約800円）と言うと、問題外といった風情で今度は「3千円！」と連呼しています。ゴールが近づいてきました。

あと数秒で象の背中とも、面倒くさい交渉ともオサラバです。写真はほしいが、ボラるのも口惜しい。私は右手にアルバム、左手に400ルピーを持ち、中年男に向かって「どっちでも好きな方を取れ！」と差し出しました。すると男は迷わず400ルピーを私の手からもぎ取り、早足で去って行きました。

写真1枚入手するのにこの騒ぎ。せっかくの素晴らしい景色も、日本では味わえない象のドライブも少しも楽しむことはできませんでした。

アンベール城の内部は素晴らしいものでした。大小の鏡をちりばめた美しくきらめく鏡の間。精密な絵の描かれた壁。風のそよぐ広々とした庭園。ぬめぬめと光る漆喰の廊下など、見所はいっぱい。しかも場内には物売りは一人もいません。客引きと物売りさえいなければインドは楽園なのです。

次に控えし世界遺産はジャンタル・マンタル（計測する器具）と呼ばれる天文台で、ここの展示物はどう見てもモダンアートにしか見えませんが、実際には正確な日時計であったり、星座儀であったり、天体観測のための器具であったり、今でも十分に役に立つものばかりとのことでした。本当にインド人は数字や計算に強い。その頭脳をお金をせびることばかりに活用してもらいたくないものです。

天文台の次はジャイプールのピンク・シティと呼ばれる街で、ここは世界遺産に登録されてはいませんが、世界遺産級のスケールと絶景を楽しむことができます。その名の通り、街の隅から隅までがピンク色。ピンクといっても、安っぽいペンキの色ではなく、深みのある落ち着いた色なのです。街の中心にあるシティパレスには今でもマハラジャが住み、見つめていると思わず桃色吐息がこぼれそうになります。

街のシンボルともいわれる風の宮殿の中には本当にさわやかな風が吹いていました。でも、その周りがねェ……。

自由行動の時間には孫娘(当時2歳)のために、インドの民族衣装を探したのですが、べラボーに吹っかけられたので、すぐに退散。次の店では交渉の末、2着で900ルピーで話がまとまったものの、店員はさらにTシャツを100ルピーで買えと食い下がります。断ると、だったら日本のボールペンをくれと言い出しました。何がだったらだ、とは思いましたが、面倒くさいので、1本だけ置いてきました。

なぜ、ボールペンを渡さないといけないのか、その意味が分かりませんが、インドにいるとそれも当然という気になってしまうのが不思議ですね。

翌日の朝食後、散歩に出ようとすると、妻は珍しく客引きがうるさいので部屋に残ると言ったため、私は一人で街にくりだしましたが、案の定、たくさんの人間が声をかけてきて、のんびりとした散策などは望むべくもありません。

この客引きはインドの世界遺産を帳消しにしかねない負の世界遺産。

この人たちさえいなければ、インドは世界最大級の観光大国になっているはずです。それでも私は路地裏で、日本では見たことのないトカゲの撮影に成功し、ゴキゲンでホテルに戻りました。ホテルの窓からは、隣の家の屋上にやって来るシマリスの姿が見えます。インドは世界遺産もいいですが、小動物もなかなかです。

9時にピックアップ。これから約5時間、バスに揺られ、デリーに戻ります。途中、運良くヒンドゥーのお祭りと出会いました。頭に金属の壺とマリーゴールドの花を載せ、赤とオレンジ色のサリーに身を包んだ数百人の女性と、淡いブルー系の服を着た子供たちの華やかなパレードには目を見張ります。

カメラを向けると、子供たちは目をキラキラと輝かせ、エキゾチックで無垢な笑顔を振りまき、私たちに手を振ってくれます。

この子供たちは将来、どんな大人たちになるのだろう？

どうか悪質な客引きにだけはなりませんように……。

バスがデリーに近づくと、めっきりとサリーを着ている女性が少なくなり、走っている車にはスズキ、トヨタ、ホンダが目立ち始めます。

今回の旅行で最後の世界遺産は、デリー観光のハイライトといわれるクトゥブ・ミナールです。ミナールとはミナレットのことで、モスクの尖塔。タージ・マハルには丸い塔のあたりに白い４本の尖塔が整然と立っていましたが、こちらは赤砂岩でできていて、もっと庶民的なぬくもりを感じる塔でありながら、チョコレート色、あずき色、ぶどう色がアットランダムに組み合わさり、シックで神秘的な美しさを誇っています。

近くには３～４世紀に作られた鉄の塔もあり、これは１６００年が経過した今でも錆びていないというすぐれものです。ただし、こういうものは見たときは感心するのですが、すぐに飽きてしまうのですね（私だけですか？）。

私はこの敷地内で遊ぶシマリスや野鳥、そして修学旅行でやって来たらしき小学生の写真を撮り始めました。ピンクのシャツに赤いネクタイの可愛らしい少年少女たちの姿が今でも目に浮かびます。逆にインド人から一緒に写真を撮ってくださいと頼まれるケースも少なくありませんでした。日本人を珍しがる人たちがいるんですね。そんな時、私たち老夫婦は、少しでも若々しく写真に写ろうと背筋をピンと伸ばします。

インド式ダイエット

こうして4日間で8つの世界遺産を巡る旅行は終了しました。

インドでの最後の日の食事は、デリーの空港でやっぱりカレーを選びました。私はフィッシュ・カレーと玉ねぎのアチャール(漬けもの)とチャパティ、妻はキーマ・カレーとチャパティ。料金は合わせても480ルピーと千円足らず。これが空港のお手軽なフードコートの料理でありながら、ホテルの食事に負けないほど美味しいのです。

私は胃の奥に違和感を抱きながら、完食してしまいました。これでもう思い残すことは何もありません。

飛行機は夜中の2時にデリーを出発。巡航高度に達すると、サンドイッチやお菓子が配られましたが、食欲はまったく湧きません。少しだけ水を飲み、本を読んだり、うとうとしたり、8時間近いフライトタイムをやり過ごします。時差(3時間半)の関係もあり、早めに昼食のサービスが始まりましたが、まったく何も食べることができません。胃と腸の奥の方からかすかなうめき声が聞こえてくるような気がします。この不吉な症状が現れたのがインドを離れてからで良かったと思わずにはいられません。機内のトイレの方を見遣ると、長い行列ができています。「おおっ、君たちもやられたか！」。頭の中に「同士」という言葉がよぎります。

この時点で、私はまだ下痢をしていませんでした。むしろ胃腸の機能が著しく低下し、下痢をする力もなかったようです。

成田に着き、飛行機から降りると同時に、ほっとしたのでしょうか、下痢が始まり、2度、3度、空港のトイレに駆け込みました。なんとか税関を通過しましたが、その直後、私の容態は激変しました。強烈な吐き気、悪寒、眩暈が渾然一体となって襲いかかり、体中の力が抜けていきます。立っているどころか、座っていることすらできず、私は空港のベンチに倒れ込みました。

これから先のことはほとんど記憶にありませんが、妻の話によると、私は真っ青な顔でゾンビのようによろよろと歩き続け、帰りの電車の中では座席に横たわり、そのまま死んだように眠ってしまったそうです。

インド、恐るべし、ですね。

水にはかなり気をつけて、飲料はもちろん、歯みがき、うがいにいたるまでペットボトルのものだけを使っていたのですが、スパイスと油と暑さにやられたのかもしれません。実際にはインドの風土に負けたのでしょう。

帰国してからしばらくの間、私の体は一切の固形物を受けつけなくなりました。ジュースやゼリーでさえも、胃に落ちていくやいなや、鋼鉄のような塊となり、暴れまわります。食欲どころか、物欲、金銭欲、性欲と、あらゆる欲望が体から抜け出してしまいました。この世にも恐ろしい状態から解放されるまでに3週間を要し、62kgだった体重は56kgまで落ちました。マイナス6kg。そうです、私はインド式ダイエットに成功したのです！

この間、苦しみはしましたが、特別な努力をしたわけでもないので、リバウンドはなく、現在は60kgを行ったり来たりしています。人体は不思議です。この間、食べ物はまったくといっていいほど口にしなかったにもかかわらず、毎日のように便は出るのです。便は食べ物の残りカスばかりでできているわけではないということがよく分かります。健康な時は、一日でも何も食べずにいると、体がフラフラしたり、時には気が遠くなったりするのですが、この時はぬるま湯、薄い日本茶、水で薄めたスポーツ飲料だけしか口にしていないにもかかわらず、空腹感とは無縁で、体がフラフラすることもなく、むしろ妙に元気なのです。快調とはいきませんでしたが、頭はハイになっていました。長丁場の司会もこなし、原稿の締め切りもキチンと守りました。食欲をはじめとする様々な本能は姿を隠しても、もっと根源的な生きるという本能だけは失われていなかったようです。

これは今から3年前、私が64歳の春の出来事でした。

健康管理のポイント

インドに行って、タージ・マハルを含む8つの世界遺産を見て、カレーを食べて、ひどい下痢をして、皮肉ではなく本当に良かったと心から思います。

でも、もう一度行くかと問われれば「もういいかな」という気もします。20代の前半、初めてインドに行った時は、帰国した次の日からインドに行きたくてたまらなくなりました。本場のカレーに恋い焦がれ、東京中のカレー屋を訪ね歩きました。そのことを思うと、長い月日が流れたんだな、と実感します。

インドに行くにはパスポートとビザ、強い心臓と胃袋、そして少しばかりのお金が必要です。この本を読んでいる60歳未満の方にはインドは絶対のお薦めです。ちょっとハードかなと思ったら、スリランカならもう少しソフトです。65歳以上の方は、自由時間は外出をさけてホテルで寛ぎ、カレー料理もほどほどにさえすれば、国内や欧米とは一味違った楽しい旅になることは請け合いです。自分の身の丈に合った旅行を楽しんでください。

私も「インドはもういい」とは言ったものの、最近ではまた死ぬまでに一度、ガンジス川の沐浴のシーンは見てみたいなどと思いはじめました。

日常生活に戻り、マイペースでぬくぬくと暮らしていると、インドでの身も心も胃腸も慌ただしかった日々が、妙に懐かしく思い起こされるのです。

海外旅行で最も大切なものはパスポートですが、その次と問われれば間違いなく健康ですね。パスポートがなければ旅は始められませんし、終われませんが、健康でなければ楽しくありません。

特にパック旅行の場合、自分の体調に合わせてスケジュールを調整することはできません。遠足は家に帰るまでが遠足で、海外旅行は出かける前から海外旅行です。溜まった仕事を片付けるために前日は徹夜、なんてことは絶対にやめてください。まずはよく眠ること。

水はペットボトルに入ったものだけを飲んでください。アジアの国々ではペットボトルに水道水や井戸水を入れて売っていることもありますので、フタがきっちり閉まっているかどうか確かめてください。お酒は控え目。食事は腹八分目。怪しい臭いがしたり、虫が入っていたら、チャレンジ精神は捨て、すぐに白旗を上げてください。

どうしてもチャレンジしたい場合は最終日にどうぞ!

この本を読んでくれた方の、旅の安全と健康を心からお祈りいたします。

あとがきに代えて

可愛い爺は旅をせよ

皆さん、最後まで読んでいただき、ありがとうございます。

高山病で始まり、下痢で終わるという情けないエッセイになってしまいましたが、ほんの少しでも旅の魅力が伝われば、こんなに嬉しいことはありません。

故・立川談志師匠は色紙などに時々「銭湯は裏切らない」と書いていました。

私は東京育ちではありますが、江戸っ子気質は希薄なので、ぬる湯好き。銭湯は熱すぎて苦手なのですが、この言葉には妙な説得力があり、私のお気に入りの言葉になっています。そこで、私は自信を持って、声高らかに、

「旅は時々裏切る」

と宣言します。

私は、屋久杉とウミガメの産卵を見るために屋久島に渡り、台風の影響で屋久杉もウミガメも見ずに帰ってきたことがあります。乾季のオーストラリアで1週間ずっと雨にたたられたことも、春の羅平(中国)の菜の花畑を訪ね、菜の花が開花していなかったこともあります。まっ黄色の大地を期待していたのに、風に震える緑の草原でした。

裏切られ、うちひしがれ、釈然としないまま現地を後にしたことも多々ありますが、それはそれでまた別の楽しみを見つけることができたりするものなのです。

逆に何から何まで上手くいってしまったということもあります。コタキナバル(マレーシア)に3年間も住んでいた知人が、遂に一度も見ることができなかったという世界で一番大きな花(ラフレシア)をわずか5日間の旅行で、つぼみ、満開、枯れ果てた姿まで、すべて鑑賞できたこともあります。いち早く情報をキャッチするインターネットの発達のおかげでしょう。家に帰って、自慢たらたらで娘にラフレシアの写真を見せびらかしたところ「こんな花があるわけがない。ハリボテに決まっている」と相手にされませんでした。本物なのに……。

旅は裏切るからこそドラマティックなのです。艱難辛苦を乗り越えて、旅の目的を果たした時の喜びと充実感は何ものにも変えられません。裏切られても、旅はまたそこから再スタートです。

行かなきゃよかったレストラン、芝居、パーティーなどは山ほどありますが、行かなきゃよかったと思う海外旅行は一つもありません。確かに旅は、最高の暇つぶしともいえますが、私にとってはそれ以上のもので、忙しいときでも、家族や友人に不義理をしてまでも出かけて行くことがあります。

私にもし人並みの知識が備わっているとすれば、それはすべて課外授業から得たものです。勉強嫌いの私は英語、国語、理科の3科目は5段階評価でいつも2、よくて3マイナスでしたが、今では日常会話くらいなら英語でもなんとかなります。こうして文章も書いていますし、メジャーな高山植物の名前ならあらかた唱えることができます。そのどれもが旅行と映画で学んだものです。それがなければ私はただのボンクラでしょう。いや、あってもボンクラだというツッコミは止めてください。

旅行は私に限りない英知を与えてくれました。

日本に生まれ、日本に興味のなかった私が、日本という国について考えるようになったのは、海外旅行をするようになってからです。

夜でも老人や子供が出歩ける安全な国。隣の椅子にバッグを置いたままおしゃべりに夢中になっていても、バッグが盗まれない国。水道の水が飲める国。現金の詰まった自動販売機が町中に置いてある国なんて、そうそうありません。

海外の素晴らしい文化と歴史、とてつもない大自然に触れ、その国々の魅力を知ると同時に、また別の日本の良さが見えてきます。日本は格差社会と声高にアピールしている文化人を見ると「おいおい本気かよ」と思わずにはいられません。アジアでもアフリカ諸国でも、街を5分ほど歩けば、それは違うだろうと実感するはずです。

外国に行く度に日本が好きになります。

もちろん、日本のなにもかもが最高というわけはありません。子供の目の輝きという面では、日本はおそらく最低レベルです。ただそれが夢や活力がないせいなのか、あるいは単に目や肌の色素の問題なのかは分かりません。

「可愛い子には旅をさせよ」

という諺があります。

自分の子供や孫には世界を見せたいと思いますが、これからは、

「可愛い爺は旅をせよ」

ですね。

最初は安いパック旅行でいいじゃないですか。電話1本で予約は完了です。英語がしゃべれないから、日本食以外は口に合わないから、パクチーが嫌いだから、なんて言っている人ほどハマりますよ。

確かにパック旅行では、自由旅行ほどの感情の高ぶりはありませんし、何も考えなくても目的地まで連れて行ってくれるので、なかなか現地の位置関係もつかめません。それでも目を凝らし、耳をそばだて、外国の空気を胸一杯に吸い込めば、その先には必ず感動が待っています。私も20代の半ばまでは旅行が苦手でしたが、旅行の魔力に取りつか

れて本当にラッキーでした。大袈裟ではなく人生にメリハリがつきましたね。

皆さんも行き先に迷ったら、とりあえず日本語が通じて日本料理が食べられ、パクチーもめったに出ないハワイあたりから始めてはいかがでしょう？　日本以上に清潔なシンガポール、美人揃いで風光明媚なクロアチアもお薦めです。その他、旅行のプロたちが考えた、見どころ満載の様々なコースがいくらでもあります。私のように精神的にも肉体的にも脆弱な人間でも楽しめるのです。海外旅行は歳を取れば取るほどキツくなります。まだ見ぬ世界があなたを呼んでいます。

暇と好奇心と少しのお金（とパスポート）があるなら、今すぐ海外旅行に出かけましょう！　酸いも甘いも噛み分けた爺の初体験。これはまた格別ですよ。旅行で未知の体験をする度に、若返っていくような気がします。まずは旅行のチラシやパンフレット、旅行ガイドなどに目を通すことから始めましょう。

幸せとは、行きたい場所と帰るべき場所があること、私はそう実感しています。

では、皆さん、行ってらっしゃーい！

２０１７年６月吉日

島　敏光

対談

非日常の旅は、若返りの秘訣

吉川 潮・島 敏光

一人旅か家族旅行か

島　吉川さんと僕とでは、旅のカラーが違いますよね。僕は、主に家族旅行で吉川さんは一人旅。吉川さんが一人旅にこだわるのは、どうしてなんでしょう？

吉川　それは、俺の作家という仕事に起因しているんだと思う。作家って、とても孤独な仕事。すべて、一人でやる作業なんだよ。なので、一人で行動することに馴れている。だから、旅も一人の方が楽なんだ。島くんの場合は、色んな人と対面してやる仕事が多いでしょ。

島　たしかに、司会とかライブとか。

吉川　そういった職業的な違いが反映していると思うんだ。もう一つ付け加えるならば、おたがいの家族に対する考え方の違いもあるよね。俺なんかは夫婦二人で旅するよりも、それぞれが、一人で旅する方が気楽だし、カミさんもそうだと言うしね。決して、夫婦仲が悪いわけじゃないんだけど。

島　それは、分かってます（笑）。

吉川　それに、いちいち、どこに行こうかって相談の必要もないしね。

島　そこが、楽しくもあるんだけど……。

吉川　夫婦で、今度はどこに行きましょうかって相談も楽しいとは思うけど、俺は自分の行きたいところに一人で、カミさんもまた自分の行きたいところに気のあった友だちと行く方が気楽だっていうんだね。合理的でしょう。

島　たしかに、そうです。

吉川　お金も別々だしね。うちは共働きだから、カミさんも収入があるし、もちろん俺も。だから、たがいに使える範囲で旅行もまかなうの。いわば、共働き夫婦の微妙な距離感と言ってもいいかな。

島　そこが、もう決定的に違うのかもしれませんね。僕も経済的な事情はあるんです。ちなみに、僕のうちはいくつかの財布があります。僕と奥さんと息子の三つ。その他に、島家のお金というのもあるんです。僕のお金はあまりないんですが。だから、家族で行くときは島家の財布から出すんです。

吉川　それは、決定的に違うね。

島　たとえば、ベトナムに行きたいなと思うでしょ。でも、僕の予算だけじゃ足りないなっていうときに、奥さんを誘う。それで、一緒に行こうってなれば、その時は島家の財布を使える（笑）。

吉川　旅行の費用の出所が違えば、旅行の形態も違って当然だな。

島　だから、ふだんは無駄遣いをしないで、旅行用に貯金をしているんです。個人ではなく、我が家でやっています。それが、家族旅行になる一つの要素。もう一つは、きれいごとかもしれないけれど、家族で色んな体験を分かち合いたいんですよ。食事をして美味しいねとか、風景を見てきれいだねとか、驚くとか……一緒に共有したい。

吉川　一人じゃなくて、共有できる相手がほしいんだ。もちろん、俺だって求めているけど、それはカミさん以外の人だね(笑)。

島　いいんですか、そんなこと言って。

吉川　別に、俺は今更カミさんと感動を共有したいとは思わないな(笑)。他の女性や男友だちとなら共有してもいいけどね。だって、日常的にカミさんとの感動の共有は、いくらでもあるからさ、旅先までっていうのはいいんだよ。たとえば、一緒に同じものを食べて美味しいって思うことは、あるかもしれないけれど、一つの風景を見て自分と同じ感動、感激を共有できるとは思えないんだよね。その辺が、作家特有の感受性っていうか、一般の人間とは感ずるところが違うんだって意識があるわけさ。

島　僕は、人の感情に流されやすいところもあるから、美味しいねって言われれば、ホントにそうだねだと思うし、きれいだねって言われれば、素直に共感したりするんです。

吉川　ところで、感動っていえば、「感動をありがとう！」とか「感動をもらいました」ってのが大っ嫌いなの。感動っていうは自分の感受性を磨きに磨いたところから自ら得るものであって、人からもらったりするものじゃないだろ。だから、旅先で得る感動って、自分自身がどれだけ己の感受性を磨いてきたのかにかかっていると思うよ。

島　ところで、吉川さんは、旅先で動植物に関心を持つことはないんですか？

吉川　俺はそういうのにまったく関心がないんだよ。どちらかというと人間好き。人間を観察したり人間の話を聞いたりするのが好きなんだ。

島　それが、作家としての吉川さんを形作ってきた部分でもあるんでしょうね。

吉川　そうだね。旅先で、いわゆる花鳥風月の美しさに魅せられたこともあったけど、それはまれなことで、出会った人とか、偶然目に入った人に感動することの方が多いんだよ。だから、一人の方がより濃く人と交われるんで、そのあたりが一人旅の良さだろうと思う。不思議なもので、東京にいるときよりも旅先での方が、俺は気さくになるんだよ(笑)。

島　それに、吉川さんは旅先で写真を撮らないでしょ。僕は撮るのが目的の一つ。それも、ただ風景を撮るんじゃなくて、その中に自分も映り込みたいんです。そうだと、自撮りは別として、一人じゃ無理。近くにいる人に頼まなきゃならない。静岡に行ったときですが、ちょっと珍しいサボテンの花を見つけた。自分も一緒に映りたいからって周りを見たら、ツアーの仲間もホント誰もいない。けっきょく、30分ほど待って、人がきたところを逃さず「シャッター押してください！」って頼んだこともありました。

旅先での夫婦仲

吉川　ところで、旅先で奥さんとケンカすることはないの。

島　まずないですね。なぜなら、ケンカしたら、1年は続きますから(笑)。

吉川　それは、島くんがケンカしないように努力しているの？

島　努力している……つもりです(笑)。奥さんは奥さんで努力しているんだろうけど、おたがいに、割と言い出したら聞かない性格なんで。

吉川　そうなったら、旅は台無しだものね。

島　ホント、ケンカになったら一言も喋らないですから。酷いときには東京に帰ってきてから何ヵ月も喋らないことがありましたね。新婚旅行の時もそうだった(笑)。

吉川　それで、懲りてる(笑)。

島　もう、懲り懲りですよ。というのもあって、ケンカすると我々夫婦は終わりだから、という意識は常にあります。だから、ケンカだけは避けて避けてと、細心の注意を払っています（笑）。
吉川　偉いねえ（笑）。
島　でも、基本的に旅のあいだは奥さんの機嫌はいいですよ。だって、食事の支度はいらない、片付けもしなくていい。もちろん、好奇心の強い人だから、珍しい食べ物や風景に心が動く、なんてこともあって、ケンカする理由もほとんどないし。それに、家にはあるはずのケンカのネタも、旅の最中は塩漬けにして置いてきているので、奥さんも息子も気が楽かもしれないです。

出会いの妙が旅の面白さ

島　驚いたのは、吉川さんが旅先では気楽に色んな人と会話を交わしていて、しかも良い関係も築いているということ。
吉川　今回、改めて気づいたのは、知り合う人は自分よりも年下がいないってこと。ほぼ、同世代か年上だね。
島　年寄りキラーってこと？
吉川　俺は、昔から年寄りに好かれる体質なんだよね。元々年寄りっていうのは話好き。

で、その話相手をちゃんと見極めるんだよ。この人は、本気で私の話を聞いてくれているのかどうかって。

島　おざなりだと見抜かれちゃう。

吉川　その通り！　俺は年寄りの話が好きだし、ちゃんと聞くからね。それで書いた小説もあるし。職業的に聞くのが得意ってことも含めて、だから年寄りに気に入られるのだと思うんだ。仲良くなれば、自分より年上だとご馳走してもらえるし(笑)。

島　まさに、ご馳走様(笑)。

吉川　俺らの年になると、ご馳走するばかりで、滅多にご馳走してもらうことなんてない。あるとしても、野末陳平先生だけでしょ(笑)。どんな人でも、80年生きてきた人にはそれなりのドラマがあるからね。それは、じつに面白いんだよ。それに、旅先っていう気楽さもあって、先方も思いのほか喋るし、俺もキチンと耳を傾ける。それに、旅先じゃ、俺が気むずかしい作家といった正体が分からない分、相手もフランクに話しかけてくる。

島　作家と名乗らないんですね。

吉川　相手が知らなければ、名乗らない。それに、わずか数分の立ち話であっても、ふと漏らしたその老人の一言とかっていうのは、印象に残って忘れないね。そういった含蓄のある言葉なんかは脳裏に刻んでおいて、作品のどこかに使ったりする。

島　ちゃんと、仕事に生かしていますね。

吉川　ただ、仲良くなる人がけっこういるとはいっても、若い女の子はいないね。それが、残念(笑)。

島　僕は、吉川さんのようなパターンで人と打ち解けて親しくなったという経験は、まずないですね。

吉川　でも、ツアーの客とは仲良くなってるんじゃないの?

島　いや、それは時間をかけているんですよ。

吉川　長いからな、ツアーは。

島　そうなんです。僕は、こう見えても意外に人見知りだし、気取っているところもあるし、いきなり「元気〜!」とは話しかけられないんです。ただ、ツアーも2日3日目くらいになってくると、この人は自分と合うかどうか、ある程度見極めがついてくる。その上で、親しくなります。感覚的にこっちは大丈夫、むこうも大丈夫かな、という風になってから知り合うので、滋賀県でも親身になってくれるわけです(笑)。

吉川　考えられないよね、普通は。海外ツアーで知り合った大津在住の人がさ、琵琶湖を訪ねたときに、観光のために快く運転手まで引き受けてくれるなんて。ホントに、そういう面じゃ島くんは友だちを作る名人だよね。

ツアーでの困ったちゃんは

島　僕らはツアーで、だいたい同じテーブルで少ないときは5～6人、多いときは20人くらい、場合によっては20人が2組で40人なんてことも。そんな時、僕にとって不快な困ったちゃんがいた場合、食事の始まる時はそいつがどこに座るのかを見極めて一番遠い席に座る、ということにしています。

吉川　そりゃ、飯が不味くなるものな。

島　ただ、気に入らない奴だな、面白くない奴だなと思っていた人物が、後々、意外と良い奴だなと思うこともあるので、すぐにケンカは売らないようにしていますね。

吉川　俺はダメだな。何日間もそういう不快な人間と同席して食事をするなんて、考えただけでもゾッとするね。島くんは温厚だけど、ツアーの仲間とケンカしたことはないの？

島　1度ケンカになったのは、一人の若い男性が、俺は旅慣れているぜって言いたいがために食事の時にインドのトイレ事情を話し始めたんです。ご存じのように、左手でお尻を拭いてその手を洗って……。

吉川　まことに尾籠な話になるよね。

島　さすがに、その時は、食事中にそんな話をするんじゃない！　と怒鳴りましたよ。
吉川　怒鳴るなんて珍しいじゃない。俺が怒鳴るのは日常茶飯事だけど（笑）。
島　僕は、だいたい12年に1回くらいしか怒鳴りませんからね。それから、そいつは食事中にウンコの話はしなくなりましたけど。そういう、厄介な人はいるし、そういう人と同席しなきゃならないっていうのが、ツアーの辛さではありますね。
吉川　ほかに、どんな困った人がいたの？
島　困った人と言えるかどうか……ある、トレッキングツアーに90歳の男性が一人で参加していたんですよ。それで、自信があるのか周りの心配はよそに、シェルパの手助けも借りずに一人で、さっさと山に登っちゃう。突然倒れられでもしちゃったらどうしよう、と本気で思いましたよ。あとは、質問攻めにして皆のガイドさんを独り占めしちゃう人がいますね。

ガイドは選べない

吉川　やっぱり、ガイドの当たり外れってあるの？
島　ありますよ。こればっかりは、運次第です。

吉川　そうかぁ、ガイドは選べないからな。

島　だいたい、ガイドっていうのは人間好きで明るい人が多いんだけど、やっぱりね、たまに、職業間違っちゃったっていう人がいるんですよ。いまだに、我が家で語り草になっているガイドがいますもの。

吉川　どんなガイドだったの？　しゃべり過ぎとか……。

島　いや、しゃべり下手というか、話していることの意味がまったく分からないんですよ。状況に見合った話ができないんです。

吉川　談志師匠の名言の一つ、「状況判断ができない奴をバカと言う」といった意味でのバカですな。

島　あとインドネシアだったかと思うんですけれど、初めからダメだったなと思ったのは、いきなり、ギャグをかましてきたガイド。「私の名前はアルンと申します。私にも名前がアルンですよ」だもの。

吉川　ツカミのギャグで、いきなり失敗か(笑)。

島　追い打ちをかけるように、ちょっと写真撮ってくださいって頼んだ時もですね、「皆さん、ニコニコ、3個4個5個6個」ですから……。どうでもいいから、早く写真を撮ってくれ！　でしたね。

吉川　嫌だなぁ、オヤジギャグを言うガイド(笑)。

島　それで、そのガイドがまた、その手の女を斡旋しようとするわけ。たまたま、一人でツアーに参加していた男がいて、その話に乗っちゃった。途中から、買った女を連れ歩いて、最後にはバスにまで一緒に乗ってきたんですよ。それでね、なんとなくそれ以外の人間が結束して、かえってみんなが仲良くなりました。で、その中のひと組の若い男女が親しくなって、その後日本に戻ってから結婚しました。ちなみに、その司会を僕がやったんですけれどね。そんなこともありました。

吉川　島くんの偉いところは、知り合った人が結婚すると、必ずその結婚式の司会をするよね。仕事に結びつける、そこが凄いよ。俺は、旅先で何かあって、それが仕事に結びつくなんてことはないな。今回、この本が初めてだよ(笑)。

島　そういえば吉川さんは、旅先で親しくなるのが得意ですけれども、東京に戻ってきてからも、その付き合いが続くっていうことはあるんですか?

吉川　俺の場合はホント旅先だけだね。まず連絡先を教え合うことはないよ。親しく会話を交わしてもその時だけ。唯一、例外といえるのは、本文にも書いた京都で出会った老夫婦。俺のことを知っていて俺の本も読んでいてくれたから。東京の人間でもあったので、東京に戻ったら会いましょうという約束をしたんだ。その後、ご主人のほうは亡くなったので、以来、付き合いは途絶えたけど。

島　僕の場合、旅先での思い出や感動を共有した仲間っていうことで、帰国してから、僕の関わっているライブなんかに来てくれることはありましたね。ただ、それ以降の付き合いが継続するかというとあまりありません。いわば、旅の時の思い出として、一緒に良い時間を共に過ごした、それでワンパッケージとして、完結しているんでしょうね。

旅という非日常

島　つまるところ旅行って非日常じゃないですか。海外に行くとその非日常が極端に出るんですね。ヨーロッパやアメリカももちろん非日常なんだけれども、映画やドラマなんかで見ている分、非日常の度合いがアジアの方が強く出てくる。それで、そういった非日常に、積極的に身を放り出すと若返ってくる気がするんです。

吉川　つまり非日常っていうのが、若返りの秘訣なのかもしれないね。若返りに上手く作用するわけだ。

島　日常と非日常での感情の動きを意識すると面白いですよ。

吉川　逆に言うと日常にだけ埋没していると、そういった人は老化が早いということだ

（笑）。

島　日常＝ルーティンということですね。

吉川　たしかに、毎日同じ時間に起きて毎日同じように飯食って毎日同じところにしか行かない。そんな毎日を送っていると老化していくってことだ。

島　それこそ、勤続疲労です。

吉川　旅という非日常から自宅という日常へ帰ってきたときの安堵感。またそれも精神的にいいんだろうね。

島　吉川さんと話していて面白かったのは、よくおばちゃんが旅行から自宅に戻ると、「やっぱり、家がいちばん！」って言いますよね。そんなこと言うんだったら旅行するなって怒る人がいるけれど、それはそれでいいじゃないかと。

吉川　おばさんが言うとね、亭主が、だったら行くんじゃねー、と怒ったりするわけよ。それは言っちゃいけない。それは、非日常から日常に戻ったときの安堵感であり安心感なんだから。

島　いわば、緊張と緩和を繰り返しているんですね。

吉川　そうなんだよ。それは、旅の良さでもあるね。

バス旅行に挑戦しようと思ったのだが

吉川　じつは、今回の本のために島くんと二人でどこか国内旅行をしようって思い、旅行会社のパンフレットで見つけたツアーに行こうと計画していたんだよな。

島　《癒しの小坂の滝めぐり&青苔の宇津江四十八滝めぐり　神秘の美しさ　話題の名もなき池&源泉掛け流し１００％「下呂温泉」》この長ったらしい名称のツアーに申し込んだんですよ。

吉川　すごい楽しみにしていたんだ。そしたらさぁ、島くんのところに、旅行会社から連絡がきた。

島　今回の旅行ですが最小催行人数に満たなかったので中止となりました、と。

吉川　夏場の滝巡り。ものすごいパワースポットも行くし、たっぷりマイナスイオンも浴びられるし、涼も満喫しながら、その後下呂温泉でしょ。源泉掛け流しの温泉につかってこのツアー最高じゃない。大丈夫かな、今からでも申し込んで空いているかな、定員オーバーで参加できないんじゃないか、と心配していたくらい。それが、定員に満たないってどういうことなの。

島　最初、旅行会社からの報告を吉川さんに伝えたとき、ご立腹されるんじゃないかと思いました。で、理由を伝えたら大爆笑。

吉川　世の中に、滝巡りと下呂温泉を好む人がこんなに少ないんだって、笑っちゃったよ。

島　別の日だったら大丈夫だったんですよね。

吉川　たしかに、そう言われたんだけれども、俺は、いちどケチのついった旅は行くもんじゃない、と思っている。それは神様が行くなと言っているんだ。日にちを変えて行ってもロクなことがない。良い旅っていうは、ことがスムースに運ぶんだよ。予約もすぐできるし、宿もいいとこが見つかり、切符もうまい具合に取れ、スケジュール調整もスムーズにいく。

島　あの時、吉川さんの大爆笑を聞いて、なんて懐の深い人だと思いましたね(笑)。

吉川　関東だから、下呂温泉っていうのがちょっと遠いっていうのか、あまり馴染みがなかったのかもしれないな。

島　今回、バスツアーは実現できなかったけれど、けっこういいと思いますよ。とにかく安いし、集合場所さえ間違えなければ、確実に連れて行ってくれて間違いなく帰って来られるわけだから。

吉川　列車の時刻表を見る必要もないしね。最近のバスは、シートもゆったり、リクライニングも豪華らしいからね。これからのバスツアーは、高齢者向きだと思うんだよ。それを確認したかったんだけど、できなかったね。それだけが心残り。

船旅はどうなんだろう

吉川　島くんは船旅なんていうのはどう思ってるの?

島　限られた時間の中でたくさんのものを見ようと思っている者からすれば、船の旅ってものすごく効率が悪いんですよ。船の旅の良さって、船に乗っている乗客がいわば一蓮托生ってところだと思います。一体感ですよね。趣向を凝らした様々なアトラクションもあるし、料理も意外と美味しいですよ。でも、僕にとっては長すぎますね。

吉川　よく老夫婦が定年後、世界一周とか、地中海とか、そういう船旅がいいって言うんだけれど、そんな時間ねぇだろと言いたいね。高齢者になればなるほど、もっと急いでいろんなところを見に行け、と。船に乗っている時間をもっと有効に活用して欲しいな、俺は。

島　船旅は船に乗っていること自体が楽しいんですね。船のイベントの司会をやっていた時に分かりましたけれど、リピーターが多いんですよ。

吉川　お金と時間があれば、かえって若いカップル向きの旅が船旅かもしれないね。二人でいるだけで楽しい時期だし。

島　でもそんな若いカップルがいれば、それはそれで嫌味ですよ。

吉川　それに、船の中でパーティーってあるじゃない。ちゃんとしたドレスコードがある。でも日本人はさ、そのタキシードと蝶ネクタイが似合わない。島くんは司会をするときに着慣れているからきまっているけどね。たいていの日本人のおじさんがタキシードを着ると、『紅白歌合戦』の時の北島三郎みたいになっちゃうんだよなぁ。

島　うまいこと言うな(笑)。

吉川　船上パーティーっていうのは、タキシードの似合う人が出るべきであってね。それに日本人は、ダンスができないじゃない。もちろん嗜む人はいるけれど、そんなにポピュラーじゃないよね。夫婦で踊れる人ってどれだけいるんだ。きちんと社交ダンスが踊れてなおかつタキシードが似合う、そんな人が船上パーティーに出れば楽しいだろうけれども、そうじゃなければつまんないでしょ。

島　以前、クロアチアのホテルでのことなんですが、ラウンジでお茶しているときにBGMがかかっていたんです。そしたら、あるお父さんとその娘がフッと踊り出したんですよ。本当に素敵というか絵になっていました。

吉川　日本人には絶対ムリだね。
島　悲しいけどムリですね。その代わり日本人は盆踊りがすごい(笑)。
吉川　そうそう、浴衣を着て踊らせたら世界一だよ(笑)。
島　これからは、浴衣持参かな。

服装で気をつけること

吉川　カジュアルと動きやすい服っていうのは違うよね。まず言っておきたいのは、いい年のおじさんはジーンズが似合わない。あとジャンパーというかブルゾンというのも、貧乏くさく見える。俺は帽子をかぶるけれど、キャップは球場に行くときだけ。それ以外は基本的にはハット。キャップって、浅草の立ち飲み屋にいる昼から飲んでるおじさんみたいだよ。旅先でも、そういった身形への気遣いをするだけで、入る店での扱いも違ってくるよ。やっぱりね、人は見た目ってところがあるんだよな。海外ではなおさらそうじゃないの？
島　もちろん、吉川さんがおっしゃるようなことは重要です。ただ、フリータイムで個人的に観光するときの服装は、別な意味で気を遣います。できるだけ、汚い貧乏くさい格好をしますね。そうじゃないと狙われちゃうから。お金を持っていそうな雰囲気を出しちゃうとターゲットになりますから。もちろん、時計はつけない、指輪もつけない、ネックレスもつけない。Tシャツにジーンズ、ズックみたいな身形が基本ですね。ただ、ホテルに帰ってきてからみんなで食事する時なんかは、日本人だけだから、なるべくきれいな格好で着替えて臨みますよ。日本人ダサイなぁ、と思われたくないから。どうしようもない時はあるけれど、できれば、いったん、部屋に戻ってシャワーを浴びて、きちんと着替えてくるというのが理想ですね。

旅を楽しむその前に

吉川　まず基本は歩けることだね。脚を悪くしたり膝を悪くしたり腰を悪くしたりする、ということで歩けなくなっちゃう。これが一番怖いから気をつけること。普段から、鍛えておかないとダメだね。タクシーやバスを使わず移動は電車で、あとは歩く。そういうふうに俺は心がけているよ。旅先で歩けなくなったらおしまいだから。もう一つ、高齢者で怖いのは骨折。足腰鍛えてないと転ぶし、転ぶと骨折の危険がある。これが悪循環になっちゃうからね。読者のみなさん、肝に銘じておいてください。ちなみに、俺は歩数計を使っているんだけれど、都内にいるときには大体5千歩から7千歩。旅先に行くと必ず1万歩は超えている。旅先だとほんとに歩くんだよな。これも若返りの秘訣かもしれないね。旅先だと、見たいものがありそれが目的となって歩くということなんだな。精神的にもいいよね。

島　パックのツアーは意外に気楽に楽しめるから、ちょっと試しに日帰りでもいいから、一泊でもいいから行ってみてください。そうすると、自分に合う旅を見つけることができると思いますよ。あと海外旅行は、繰り返すようですが、まったくの非日常。飛行機を降りた瞬間からそうですから。匂いや空気感すべてが、日本とは異質なもの。それに触れることによって、独特の感覚が自分の中に湧きあがってくることに気づくはずです。とりあえず、一度行ってみましょうよ。性に合わなければ仕方がないけれど、僕だって最初は合わないだろうなぁと思っていたんですからね。でもスッカリはまっちゃった。

吉川　後は自分の懐具合に相談して、予算に見合った旅をすることだね。選択肢がたくさんあるから、選べばいいんですよ。安くても良いツアーもあるし、ムリしないこと。

島　海外旅行に行く前には、しっかり体調管理をすること。申し込んだ時から海外旅行が始まっている、と思ったほうがいいです。若い時のように、仕事が立て込んだりしているからといって、前の日に徹夜をするなんてことは絶対にダメです。

吉川　まあ、今回の対象となる読者は、現役で仕事をしている人よりもリタイヤしている人が多いかもしれないけれど、まだまだ現役の人は注意してほしいね。働き盛りの商社マンで、そういうムリな旅行の仕方がたたって早死にした人もいるからね。旅に出て若返るどころか、過労死するなんていうのはシャレにならない。

これからの旅は

吉川　今回、俺が国内、島くんが海外と分けたけれど、島くんはまだ行きたいところはあるんでしょう。

島　山ほどありますよ。

吉川　俺はとりあえず、海外でいえばタイに行くつもりなんですよ。

島　えー、国内じゃないんですか(笑)。

吉川　これも縁があってね、落語家の桂竹丸さんがしょっちゅうタイに行っているので、ぜひ、一度ご一緒しませんかと誘われているの。知っている人がいて案内もしてくれてホテルも取ってくれるというから、行くことにしたんだ。とりあえず、今行きたいと思っている海外はタイだけだ。

島　国内はどうなんですか？

吉川　まだまだ、とにかく行きたいところばかり。東北の３大祭りもまだ行ってないし。京都の３大祭りも行きたい。年に2回3回行ったとして、あと10年で30ヵ所でしょう。ぜんぜん、足らないですよ。

島　ホントに足らない。

吉川　日本の名旅館といわれるところも泊まりたいね。京都や倉敷、湯布院。一流のおもてなしというのを味わってみたい。今までは、どちらかというとホテル派だったんだけどね。ちょっとこの年になると旅館派になってもいいなと思うな。

島　僕は行ったことない国は全部行きたいけれど、おそらく、あと千年生きても足りないだろうなぁ。

吉川　お前は鶴か(笑)。

吉川 潮（よしかわ うしお）

1948年生まれ。大学卒業後、放送作家、ルポライターを経て演芸評論家に。1980年、小説家としてデビュー。芸人や役者の一代記のみではなく数々の辛口エッセイで世間を騒がせる。『江戸前の男－春風亭柳朝一代記』（新田次郎文学賞受賞）、『流行歌《はやりうた》 西條八十物語』（大衆文学研究賞受賞）、顧問を務めた落語家・立川流の家元・立川談志を描いた『談志歳時記－名月のような落語家がいた』（3作共に新潮社）、『爺の暇つぶし－もてあます暇をもてあそぶ極意、教えます』（島 敏光氏との共著）、『毒舌の作法－あなたの"武器"となる話し方&書き方、教えます』（共にワニ・プラス） など著書多数。

島 敏光（しま としみつ）

1949年生まれ。伯父である黒澤 明監督の日常を描いた『黒澤明のいる風景』（新潮社）が好評を博し、『ビートでジャンプ－僕のポップス回想ノート』（新潮社）、『映画で甦るオールディーズ&プログラム・コレクション』（音楽出版社）、『六本木ケントス物語』（扶桑社）など、音楽・映画をモチーフにしたエッセイを数多く手掛ける。近著に、吉川 潮氏との共著『爺の暇つぶし－もてあます暇をもてあそぶ極意、教えます』（ワニ・プラス）がある。「日本経済新聞」に映画と音楽のコラムを連載中。日本映画批評家大賞選考委員、東京作家大学講師。

爺《じじい》は旅《たび》で若返《わかがえ》る

2017年7月28日発行

著　　者　吉川潮、島敏光
発 行 人　佐久間憲一
発 行 所　株式会社牧野出版
〒135-0053
東京都江東区辰巳1-4-11　STビル辰巳別館5F
電　話　03-6457-0801
ファックス（注文）03-3522-0802
http://www.makinopb.com
印刷・製本　中央精版印刷株式会社

内容に関するお問い合わせ、ご感想は下記のアドレスにお送りください。
dokusha@makinopb.com
乱丁・落丁本は、ご面倒ですが小社宛にお送りください。
送料小社負担でお取り替えいたします。

ISBN978-4-89500-215-8